OS VERBOS AUXILIARES DO CORAÇÃO

INTRODUÇÃO À LITERATURA

COSACNAIFY

PÉTER ESTERHÁZY

Tradução
Paulo Schiller

OS VERBOS AUXILIARES DO CORAÇÃO

INTRODUÇÃO À LITERATURA

Pode falar quem tem esperança, e vice-versa.

LUDWIG WITTGENSTEIN

PREFÁCIO

As histórias escritas hoje em dia são todas muito bonitas, significativas, profundas e úteis, cheias de emoção ou serenidade. Apenas não têm prefácio. Por isso, decidi que escreveria esta história de modo que ela exigisse um prefácio.

Faz quase duas semanas que minha mãe morreu, tenho de me entregar ao trabalho antes que a necessidade demasiado ardente de escrever sobre ela recue para o mutismo covarde com que reagi à notícia da morte.

Sim, ao trabalho!, porque o desejo de escrever sobre a minha mãe às vezes aparece de maneira muito inesperada, e também muito imprevisível, ou seja, devo me esforçar para que, cedendo à simples vontade momentânea, eu não encha o papel com apenas uma letra, m m m m m mmm m mmmmmmmm m mmm m m m

Não uso a língua, não quero descobrir a verdade, e menos ainda expô-la diante dos senhores. Também não me ocorre nomear o mundo, e, consequentemente, não nomeio coisa alguma, pois nomear é o mesmo que sacrificar para sempre o nome à coisa nomeada...

Não falo, mas também não silencio, o que não é a mesma coisa. Sou prudente, trata-se da minha mãe. Aqui, talvez, tudo pudesse ser em letra cursiva... na puta da vida! Mas por que seria mais perverso escrever sobre ela do que silenciar? *Ou do que qualquer outra coisa!* Ficar parado junto ao túmulo! O que isso significaria?! Ou segurar a mão dela e esperar que apertasse a minha! Observar as células partindo para o mundo, orrevoá messiê, nós seríamos em parte a mãe dela, até logo, belo menino bobinho! mmmm m m Um homem não expõe sua tristeza ao mundo.

Eu me horrorizo, e assim me sinto bem de novo: o tempo que passa não dói.

O pior neste momento seria o pesar de quem quer que fosse, um olhar, ou mesmo uma palavra. Desviar imediatamente os olhos ou calar o falante, porque se faz necessário o sentimento de que o que estou passando é incompreensível e não compartilhável: só dessa forma posso acreditar que o terror faz sentido e é verdadeiro. Assim que começam a falar dele, imediatamente sou tomado pelo tédio, tudo se torna irrelevante. Apesar disso, de vez em quando menciono a um ou outro a morte da minha mãe, embora não faça sentido, e me irrito quando alguém tem coragem de acrescentar alguma observação à minha fala. Nessas horas, na verdade, desejaria que me distraíssem e me enganassem com alguma outra coisa.

Em seu filme mais recente, James Bond atirou o inimigo por cima do corrimão da escada, e depois, quando lhe perguntaram se o sujeito havia *morrido*, ele respondeu: "Espero que sim!" – ao que eu, aliviado, ri. Piadas sobre a morte e sobre os mortos não me incomodam, até me fazem bem.

Talvez por isso, volta e meia, eu me "descontrolasse": de repente se desmontavam as fantasias cotidianas, as por outro lado infinitas vezes reiteradas repetições das fantasias *primitivas*, e depois a minha consciência pulsava pela dimensão do vazio que nela crescia... Isso passou, não me descontrolo mais.

Quando escrevo, escrevo necessariamente sobre o passado, sobre alguma coisa que assimilei, ao menos em relação ao momento em que escrevo. Seja qual for o tema do livro, espero que se sinta nele certa leveza, a lembrar que a obra nunca é algo dado naturalmente, mas *desejo* e *doação*.

Faço literatura, como das outras vezes, deslocado e objetificado feito máquina de lembranças e formulações. Mallarmé diz que tudo no mundo existe para se tornar livro. Nem ao menos me envergonho; me conformei com que meu rosto corresponda àquilo que meus livros mostram. Isso eu vou modificar.

No texto há citações, literais ou distorcidas, de Miklós Apáti, H. C. Artmann, Mihály Babits, Donald Barthelme, Georges Bataille, Thomas Bernhard, Jorge Luis Borges, Albert Camus, Anton Tchekhov, Péter Esterházy, Jenő Dsida, Milán Füst, Péter Hajnóczy, Peter Handke, Gyula Illyés, Vsevolod Ivanov, István Jelenits, Ferenc Juhász, Valentin Katayev, László Komár, István Kormos, Dezső Kosztolányi, Lautréamont, Stéphane Mallarmé, Ivan Mándy, Miklós Mészöly, Ferenc Molnár, Robert Musil, Ottó Orbán, Géza Ottlik, São Paulo, Blaise Pascal, János Pilinszky, Arthur Rimbaud, Jean-Paul Sartre, Ronald Sukenick, Lőrinc Szabó, Liev Tolstói, Georg Trakl, István Vas, Peter Vasadi, Szabolcs Várady, Sándor Weöres, Ludwig Wittgenstein, entre outros.

Que velha solteirona virgem eu serei, já que não tenho coragem nem de gostar da morte.

Nascido em Buda, em 16 de junho

Em nome do pai e do filho –

Havia anos, sabíamos que a mamãe “estava péssima”, ainda assim, quando o nosso pai telefonou e, delicadamente, pesando as palavras, e num tom novo, duro, que nunca tínhamos ouvido, nos comunicou que ela assim e assado, e que ele não achava, segundo a sua convicção pessoal, desnecessário que “nesses momentos” estivéssemos *em casa*, ou seja, que voltássemos para casa, ele nos surpreendeu, na verdade, e com palavras idênticas, começamos a tentar nos explicar, justificando-nos com as obrigações cotidianas inadiáveis, que não significavam indiferença ou insensibilidade, mas a manifestação de instintos naturais, a convicção sensata de que a “coisa” não poderia ser “tão grave”, pois nunca fora tão grave (como o papai costumava dizer: “enquanto não houver problema, não há problema, só existe um problema quando há um problema”); mas o papai nos repreendeu, e nós afluímos de todos os cantos do mundo.

FAZ FRIO... DEPOIS DE NOS VESTIRMOS, FICOU MUITO SURPRESA DE ME VER COM UMA GRAVATA PRETA, E PERGUNTOU-ME SE ESTAVA DE LUTO. DISSE-LHE QUE A MINHA MÃE TINHA MORRIDO. COMO QUISESSE SABER HÁ QUANTO TEMPO, RESPONDI: “MORREU ONTEM”. ELA HESITOU UM POUCO, MAS NÃO FEZ NENHUM COMENTÁRIO. TIVE VONTADE DE DIZER-LHE QUE A CULPA NÃO ERA MINHA, MAS DETIVE-ME, PORQUE ME PARECEU JÁ TER DITO A MESMA COISA AO MEU CHEFE. ISTO NÃO QUERIA DIZER NADA. DE QUALQUER MODO, A GENTE SEMPRE SE SENTE UM POUCO CULPADO.

Como se eu tivesse um segredo particular com a minha mãe, cheguei ao hospital antes do meu irmão e da minha irmã. Embora talvez não fosse de mim que ela gostasse mais, e sim justamente do meu irmão, quem sabe *apenas* por ter certeza de que ele era o mais carente – em contrapartida, era ele quem gostava menos dela. Sou o primogênito, eu *tinha* que chegar antes... Por definição.

Entre nós, a minha irmã mais nova é a mais bonita, acho; ela tem a fragilidade do nosso pai e a ardência da nossa mãe. Pois bem, as mulheres gostam mais do meu irmão, e as minhas mulheres de mim. Só que em mim a individualidade é excessiva – sou um <texto deteriorado> sob medida. É verdade que isso não significa muita coisa.

A minha irmã me abraçou de imediato, "meu mano, meu mano querido", e me apertou por um bom tempo. A atitude impulsiva, nem um pouco inesperada, despertou em mim milhares de memórias, entreguei-me com relutância; não me agradava que ela conhecesse tão bem a força do contato entre os corpos, que ela se aproveitasse como uma profissional, sem hesitar, sentia que ela abusava, e me acariciava, quando bastaria me dar um tapinha nas costas, mas ela continuava, e a coisa era mais moda que um traço de personalidade; eu não sentia que para ela também fosse importante, apenas que ela sabia que para mim era. O que era verdade.

O gesto, afinal de contas, foi, naturalmente, apropriado, uma vez que atingiu o objetivo – e eu, apaziguado, segurava nos braços a mulher bonita, magra, loira, me alegravam seu cheiro e suas costelas, o batom impossível e descuidado, a curvatura da boca, em que eu via o meu irmão, a proximidade do rosto, as sinuosidades muito familiares que poderiam ser também todas minhas, e o emaranhado das relações de poder, ora sentia um ódio impaciente, ora uma emoção permissiva, me fazia bem a voz com que ela repetia, irônica e respeitosa, "meu mano, meu mano querido".

Nosso irmão, que havia ficado de lado, tossiu no fundo do cenário como um marido que faz um flagrante, e num gesto largo, nos separou com força, "quem é esse homem, sua prostituta?", e o que se seguiu foi sombrio e ridículo; as visitas, no hospital, na pressa, também se viraram para olhar.

Esquecemos por que estávamos ali; continuamos a palhaçada. E ao chegarmos ao grande portão de ferro enferrujado – como fazem todos ao chegar ao grande portão de ferro enferrujado – ficamos em silêncio, feito porta-bandeiras autoconfiantes, embora deslocados para a nossa idade – como se nos apressássemos para um *chá* elegante, em que o mundo giraria à nossa volta, condição que toleraríamos educadamente, enquanto atropelaríamos sem piedade os corações desconhecidos; os irmãos ameaçariam os pretendentes da irmã mais nova que, apesar disso, seguiria atiçando-os, para que depois os irmãos simplesmente os surrassem: e se, de fato, no princípio, cúmplices, cheios de gracejos, eles se retirassem para os cantos, para trás de um biombo, para quartos distantes, e passado pouco tempo, com carícias ardentes, rodassem, dançando, os recintos, e os que, os que... na verdade, menos quisessem se juntariam a eles. No limite da orfandade e do autoengano, na realidade além disso, uma confiança mais triste e prostrada caberia melhor.

Na cabina da portaria, o meu irmão, com a costumeira afobação leviana e espaçosa, se curvou diante da janelinha, ordenou que o velho porteiro, surpreso, lhe estendesse o pulso, e com ar de importância o apalpou, afligiu-se, "está muito alta, meu senhor, nada baixa, muito, muito mais cuidado", acenou para nós, "venham colegas", e nós entramos. Arrebentávamos de rir, quando, de repente, daquele lugar, o silêncio despencou sobre nós. *Com o dedo enrugado, Deus toca o nosso coração.* Nos detivemos. A partir de então, não pudemos mais nos olhar nos olhos; quem transgredisse a regra, e nós a transgredimos, caía em um pranto inconsolável. Era ridículo. "Caia!", bastava dizer isso.

PARA NÃO SER RECONHECIDO, O ARCANJO HAVIA TOMADO A FORMA DE UM CARANGUEJO GIGANTE, DO TAMANHO DE UMA VICUNHA. "COM DELICADEZA E FRAGILIDADE APEGOU-SE À MORBIDEZ DA EXTINÇÃO. SEU ARREPENDIMENTO, POR SUA VEZ, ERA SIMPLESMENTE EXTRAORDINÁRIO."

A enfermeira pastoreava sem palavras pelos corredores escuros. Eu logo pensei (embora quisesse que fosse diferente) que ela era uma pessoa malvada, malvada até os ossos, e mal-intencionada, que naquele lugar não só corporificava o mal, mas também o causava, talvez também levasse e trouxesse os bacilos, e, neste caso, entre os cabelos abundantes – sem sombra de dúvida, era ela quem mandava os doentes desagradáveis para o além.

De longe, à nossa espera na entrada da ala lateral do edifício elefantino, ela parecia magra, uma mulher magra, com ar de freira severa, colada à parede, porém, mais de perto se via que ela estava se cingindo com a roupa, com a tira do avental, com mais isso e mais aquilo – fato que eu também anotei como ponto para ela, o disfarce, assim se fazia atraente a cintura redonda, cheia, e os cachos loiros, leves, se escondiam em vão debaixo do gorro, nos encaramos com ódio. O nariz atarracado e os lábios largos, brilhantes, ora traíam bobagens, ora voluptuosidade (como se um excluísse o outro).

POR FIM, GRITOU: "QUANDO TE DEPARAS COM UM CACHORRO MORTO, VIRADO PARA CIMA, APOIADO A UMA BARREIRA QUE O IMPEDE DE PROSSEGUIR, NÃO VÁS, COMO OS OUTROS, PEGAR EM TUA MÃO OS VERMES QUE SAEM DO SEU VENTRE INCHADO, EXAMINÁ-LOS COM ESPANTO, ABRIR UM CANIVETE, E EM SEGUIDA DESPEDAÇAR UM GRANDE NÚMERO DELES, ENQUANTO DIZES QUE TU, TAMBÉM, NADA MAIS SERÁS QUE ESSE CÃO. QUE MISTÉRIO PROCURAS? NEM EU, NEM AS QUATRO PATAS-NADADEIRAS DO URSO MARINHO DO OCEANO BOREAL, HAVÍAMOS CONSEGUIDO DECIFRAR O PROBLEMA DA VIDA. TOMA CUIDADO, A NOITE SE APROXIMA, E ESTÁS AÍ DESDE O AMANHECER. QUE DIRÁ TUA FAMÍLIA, COM TUA IRMÃ MENOR, AO TE VER CHEGAR TÃO TARDE? LAVA TUAS MÃOS, RETOMA O CAMINHO QUE LEVA ATÉ ONDE DORMES...".

Atirado em uma cama, um velho de rosto fundo, tomado por uma barba branca, se debatia. Gritava com a irmã magra. “Não toque em mim!... Só *senhoras italianas* podem pôr a mão em mim!” A moça deu de ombros. “Não aceito.” “Diga que é italiana”, cochichou o meu irmão. “Eu sou italiana, meu senhor.” O velho recobrou a lucidez, olhou para a freirinha, para nós, como quem sabe de tudo, como quem sabe que estava sendo feito de idiota, e gritou: “a signorina não é italiana, a signorina está mentindo. Se a signorina fosse italiana, seria calorosa, e eu sentiria. Mas a signorina é pegajosa, fria como um sapo, e saiba que para alguém da Europa central, para um cara normal, a signorina tem tanto a ver com a vida quanto... eu!”. A moça caiu no choro, com os cabelos amarelos encobrindo o rosto; mais de longe, vimos o velho se debatendo com a moça, arrancando aos berros os tubos, a bolsa de transfusão de sangue, as cânulas. “Isso não é verdade! Isso não é verdade!”, repetia.

A enfermeira apontou para o canto, como uma vendedora apática.

“Esta é a mãezinha de vocês.”

Meu irmão, que até então estivera o tempo todo parado, imóvel, apenas mexendo a cabeça cabeluda, se movimentou assustado, ameaçador. A enfermeira se esgueirou, apressada, junto de nós, “por que esse desespero?”, falou, quase amistosa; seu seio pesado (como se estivesse pendurado no pescoço, quase a desequilibrava) encostou no meu braço. Vi, a nossa irmã viu, e eu imaginei o que ela pensou. Portanto, na defensiva, eu fiquei na minha.

Quem ela apontara, a mamãe – o rosto era cinza, tinha algodões enfiados no nariz, na verdade devia ter tido um sangramento nasal. *Tudo estava fora do lugar*. Nas próprias cores havia um deslocamento, uma mediação. Olhamos ao redor quase ao mesmo tempo e notamos o que era mais aterrorizante: que a mamãe não se diferenciava em nada dos companheiros de quarto. Embora sobre eles não conseguíssemos dizer ao certo o que eram; objetos estranhos, distantes, de onde saíam canos tortos, complicados, entre os lábios chupados o ar passava sibilante. Nossa mamãe também inspirava sibilando, feito uma máquina, e por isso achamos que ainda estava viva. Não havia nada nela que pudéssemos reconhecer.

GREKOVA: O QUE DÓI?
PLATONOV: O PLATONOV INTEIRO.

"Acabou", disse a minha irmã. Mais tarde, em frente ao hospital, disse que o momento improvável, inacreditável, despertara nela uma imagem de vazio, se não existisse o que existia, poderia existir qualquer coisa, sentia-se um buraco vazio, disse, carência escura escavada no ar. Eu não conseguia pensar em nada, a não ser em que a impotência era um *erro* que não deveria acontecer.

A minha irmã avistou o único detalhe inconfundível, e com delicadeza se curvou sobre a mão da mamãe. De novo, a delicadeza dela me despertou repulsa, coitada; naquele dia, tudo que fizesse seria ruim. "Rezemos", eu disse, que eu entendia como "rezemos e vamos embora daqui". Meu irmão se voltou para mim fuzilando-me com o olhar, como quem fora picado por uma víbora papista velhaca, como se eu tivesse proferido um impropério, uma frivolidade inadequada. Não tive coragem de acalmá-lo, depressa comecei um pai-nosso, igual a um cambista do mercado negro. A minha irmã entortou a boca; porque nessa hora, desde a infância, pensávamos no papai, no pai, o nosso, ou melhor, costumávamos fugir desse pensamento, e a chamávamos, à fuga, a oração do pai-nosso.

OS DEDOS DA MAMÃE SE MOVIMENTARAM EM BLOCO. OS DEDOS SE INSERIAM EM UMA SUPERFÍCIE ESCAVADA POR OSSOS FINOS. A PARTE DO DORSO DA MÃO QUE NO TEMPO DOS BOFETÕES TOCAVA O ROSTO ERA UM MAPA ASSUSTADOR DESENHADO PELAS VEIAS. MANCHAS ESCURAS E DESCOLORAÇÕES VERMELHAS, OU MELHOR, LILASES, TORNAVAM A IMAGEM MAIS VEROSSÍMIL. A PELE ERA COMO UMA LUVA NÃO MUITO BEM AJUSTADA. NA BASE DO POLEGAR, UM POUCO DE CARNE SE ESCONDERA, LÁ A PALMA ERA MAIS BRILHANTE. A LUVA MENCIONADA ERA DE FEITIO FINO, SEDOSO, LEVE, MAS AS DOBRAS (AQUI E ALI) ERAM REALÇADAS POR RACHADURAS.

O ROSTO DO PAPAI TINHA MARCAS FEIAS. SUAS FEIÇÕES, COMO UM NOVELO MAL ENROLADO, PARECIAM RETORCIDAS. MAS OS DEDOS – EMBORA BATESSEM FIRMEMENTE NOS MALARES –, COM A PROMESSA DA REDENÇÃO, SE MOVERAM NA DIREÇÃO DELA. TALVEZ POR PERCEBER AS MEIAS-LUAS ASSUSTADORAS DAS UNHAS ESPERANÇOSAS, ELA SOLTOU UM RONCO, E SÓ ENTÃO SE VIU NA VERDADE COMO ERA REPULSIVA A RETORÇÃO. A MÃO DA MAMÃE, MEIO QUE ESPANTADA, SE CONTRAIU (TAL QUAL UM PARÊNTESE GROSSO IRREVOGÁVEL).

Da porta, o médico que cuidava da mamãe nos observava. Em seu rosto não se podia ler nada. Amigo do meu irmão. “Meu velho, a morte mora nos intestinos da sua mãe.” Disse assim. Eu não gostei do tom, não devemos nos alinhar à morte, como se estivéssemos no mesmo patamar. Ainda que fosse médico, ou seja, que conhecesse um ou dois truques, ainda que soubesse que o rei estava nu. “Meu velho, a sua mãe poderia se apressar para a morte”, disse, balançando a cabeça, e quando eu olhei para ele fixamente, como um ator, ele acrescentou: “Não precisa se assustar, sou um voltairiano cínico.” “Entendo”, assenti, magoado. “Nem a morte, nem seu dono, que é Deus, nos leva a sério. Podemos ter uma resposta, digna de um ser humano. É só não os levarmos a sério também.” Senti medo ao olhar para ele, o que eu procurava evitar, inibido; tive a impressão de que o conhecia havia séculos, e fui tomado por uma sensação desagradável. “A morte também precisa ser desejada.”

A caminho da saída, uma mão úmida, pálida, se ergueu, criatura inimiga, planta maldosa, e se enroscou na minha irmã. Assustado e com repulsa, olhei para o braço pálido. A velha se sentou na cama e gritou para a minha irmã, como se soubesse quem ela era. “Você!” A minha irmã procurou se livrar puxando a mão, irritada, mas a mulher a apertou com uma força tremenda. A mão dela se crispou: terrível, todas as mães têm mãos iguais! “Você, você me matou, *sombra*, você me matou em 56!” “Deixe-a”, alguém sussurrou, apressado. “Sim, eu te matei.” “Sombra”, ela prosseguiu, “sombra, isso é pouco! Confesse também que não gostava de mim! Que não precisava de mim...!” “Agora chega!”, gritei, igual a um professor severo, e saí correndo. Depois: “Por que você confessou?”, perguntei. “Você é idiota?!”, disse a minha irmã, e olhou para mim como uma completa estranha.

Fora, agimos como se tivéssemos compromissos. Não tínhamos nada a dizer um para o outro, não tínhamos nada a dizer para ninguém, não tínhamos em que pensar. E não tomamos a iniciativa de assumir culpas ou de fazer confissões para suavizar a nossa condição, para reconhecer que não conseguíamos estar à altura do nosso luto, que não nos espantávamos com a insolência de sobrevivermos, que aquilo tudo não doía o bastante: que mal podíamos suportar a nossa pequenez responsável por fazer com que a *coisa* não tivesse sentido. Pois a vida depende das formas, e as formas são cada vez mais escassas. Nos emporcalhávamos na solidão. Merda, coisa desagradável.

Fazia um calor infernal na frente do hospital, canícula viperina de agosto, verão infernal, tudo se desfazia, se desagregava, se desagregava, a sola do pé chapinhava no asfalto, ar putrefato... Cheiro de merda por todo lado, não queiram negar! Uma fedentina exalava dos quartos brancos, dos bondes, das igrejas e dos parentes, de nós, dos recessos se filtrava umidade, os passantes arrastavam tiras de gaze cheias de muco pelas calçadas, nas calças os homens exibiam uma sujeira amarela, e, para onde quer que olhássemos: moscas! moscas! Calor terrível e cheiro de merda. Verão infernal! Seja amaldiçoado, infeliz, enquanto você se devora...!

OS MALDITOS DEUSES-PORCOS! E O CRISTO-GNOMO – QUE NÃO EXISTE –, QUE PISA COM SAPATOS LAQUEADOS SOBRE AS TÁBUAS QUE REPRESENTAM O MUNDO, SENTA-SE NO TRONO, NO LUGAR DO JUIZ PRINCIPAL, SOBRE ELE NÃO HÁ FIRMAMENTO, AS MÃOS INCHADAS TREMEM, COM OLHOS DE VIDRO OLHA PARA NÓS ARROTANDO, PARA NÓS, SEU POVO, ENQUANTO NÓS MASCAMOS COM DESTREZA. MMMM M MM M MMMM

No dia do enterro <o dia de um dia difícil> acordei cedo, estava nervoso, como antes de uma viagem ou de uma apresentação. Eu era visita na casa dos meus pais. Pelos ruídos, meu pai descobriu que eu tinha acordado, mas não que eu desejaria ficar *um pouco* sozinho, e prontamente abriu a porta. Mostrou-se simpático e prestativo, como se fosse um irmão mais velho; na maioria das vezes era assim, a não ser que seus interesses o fizessem ser diferente. Discutimos sobre o banho e a sequência das coisas da manhã com a dificuldade habitual, em que, sempre, nos divertíamos mais do que poderíamos imaginar. *"No lugar da minha mãe você é o meu pai"*, eu falei, mas o papai sorriu. Disse que ia fazer ovos com toucinho e abrir a água para o meu banho. Nunca na vida terei a generosidade dele. Na infância, eu tentava "observar o toucinho", surpreender o instante em que ficava transparente; ovo com toucinho era refeição de dias festivos, ou seja, devíamos ser bem pobres, ou melhor, vivíamos na pobreza.

Com o pijama imenso e inesquecivelmente macio do meu irmão – um pijama estranho! camisola de homem! –, eu me sentei à mesa do café da manhã. Nesse meio-tempo, a minha irmã também chegou, nos juntamos como uma horda, e ela de certa forma reorganizou a manhã; estava maternal, coisa que eu tinha dificuldade de lhe perdoar, a falsidade matinal. Havia ovos cozidos sobre a mesa em cestinhos tecidos, salmão, rosbife frio, mariscos, toucinho da Transilvânia e toucinho cozido, tomates, pimentões, pães variados, torradas. Como em um plano de viagem antes do fim das férias de verão, aconselhei ao meu pai e aos meus irmãos para que *mais tarde* não chorássemos. "Tenho calmante comigo", eu disse. A minha irmã me olhou de lado, assustada, meu irmão, segundo o costume, comia desbragadamente, a careta do meu pai dava a entender, "um homem não fala assim".

NESSE DIA, AS MAMÃES JÁ HAVIAM SE TORNADO BEM PESADAS COM OS FUTUROS REBENTOS DEBAIXO DOS CORAÇÕES, SUAS BARRIGAS GANHARAM PELINHOS PRETOS, ESTAVAM ESTICADAS, BRILHANTES, OS SEIOS TAMBÉM IMENSOS E, ENGRAÇADAMENTE, OS MAMILOS, DESIGUAIS, E AS ARÉOLAS ÁSPERAS E DE UM MARROM NUNCA ANTES VISTO, TODAS AS PARTES PESADAS E VIVAS, PESADAS E VIVAS.

Enquanto eu tomava banho, o meu pai e o meu irmão, sentados sobre o cesto de roupa suja, ou melhor, encostados na porta, discutiam qual deveria ser a ordem para receber os pêsames. O meu irmão não queria de modo algum participar, por assim dizer, ele não era palhaço, disse, e na verdade cagava para os outros, que lhe permitissem esse luxo, afinal era a sua mãe que havia morrido. "E a minha."

Descuidado e em voz baixa, papai fez referência às tradições, em seguida em voz menos baixa, mas sem se exaltar, instruiu meu irmão sobre consideração, egoísmo e todo o resto. Falava como cabia ao chefe de família, visivelmente não pretendia nos convencer; isso e aquilo são assim e assado. Coisa que eu, por princípio, achei ofensiva, e chamei sua atenção para os pontos fracos da "argumentação", por exemplo, de que os costumes seriam cumpridos apenas se recebesse sozinho as condolências junto do túmulo, se ainda assim nós estivéssemos lá, seria apenas pelo respeito e pelo amor que sentíamos por ele (foi a primeira vez na vida em que disse a meu pai, ainda que de modo confuso que eu o amava – apesar de tudo), ou seja, pesando os nossos interesses e o desejo dele, era de se esperar que ele ao menos reconhecesse o conflito, o conflito da obediência. Não, disse o papai, ele não via ali nenhuma espécie de conflito, e olhou ao redor como um garotinho de seis anos, ingênuo e impaciente. Ouviu o meu irmão com o prejulgamento (justo) de que ele não falava do assunto em questão, mas buscava apenas uma ocasião para se opor, *com a boca,* e se sentia adolescentemente envaidecido; a mim ele tratou como alguém *preciosista* em excesso, que apenas cavalgava as palavras, fazia hora, ao passo que o ponto de vista estava de acordo com o dele. "Não está."

Nisso, no instante para nós significativo e respeitoso, o meu pai, como em um lindo filme tcheco dos anos 60, com um gesto inesperado e intempestivo, abaixou as calças, ficou de cuecas e, vamos dizer assim, ele precisava sentar-se imediatamente no trono da casa; sua tarefa, que era grande, não podia ser adiada, por isso, naturalmente, o que ocorrera antes era estéril, embora ele permitisse que o nosso falatório *sobre princípios* prosseguisse, devagar... Papai, visivelmente, não estava brincando, agrilhoado pelas calças, ele se dirigiu cambaleante na direção do vaso, eu saltei da banheira, me enrolei na toalha de banho imensa, quente, macia, empelotada, do tempo das nossas avós, e, orgulhoso e revoltado, me juntei ao meu irmão. De fora, ouvimos a risada que ele dava dos descendentes melindrosos, e mal se podia distingui-la de um choro.

Eu me enchi de desodorante. Só então me dei conta de como o dia seria perigoso. Se no dia do enterro houvesse apenas o enterro, haveria uma possibilidade e poderia não acontecer de alguém erguer o braço, e, em meio a uma nuvem de odor, olhar para trás por debaixo da axila, lamentando a impotência, a terrível solidão, a crueldade dos homens, a crueldade de Deus, a inexistência de Deus. *Toda expressão é suave demais*. Papai observou que a minha gravata não era uniformemente preta, sem dizer nada concordei, tudo era compreensível, pois quem além dele faria alguma exigência? Ele me ordenava e eu obedecia. Na tabacaria (!) próxima, comprei uma preta horripilante, que, mais tarde, no cemitério de Farkasrét, tentei várias vezes jogar na lata de lixo, mas em cada ocasião senti que naquela hora, precisamente, eu não podia. Desde então, estive em vários enterros com ela, da última vez no de Illyés.

FANCSIKÓ BATEU EM MEU PAI COM UMA FORÇA QUE CONTRASTAVA COM A EXPRESSÃO REFLEXIVA DE SEU ROSTO. "TCHIH! PUH!" A EXPLOSÃO DO CHINELO DE COURO NA TESTA. PAPAI ERGUEU OS OLHOS SOBRE OS OMBROS ALQUEBRADOS. "POR QUÊ?", DISSE EM VOZ BAIXA. FURTIVO, FICO DE CÓCORAS SOBRE A PILHA DAS MINHAS VERDADES.

Antes de partir, como crianças, meu pai e meu irmão pararam frente a frente, e não foi mais possível separá-los. Isso teria sido muito bom, se não tivesse acontecido o que aconteceu. E sou exatamente eu quem se lembra de tudo. "O que o senhor está dizendo! O senhor! O senhor matou a mamãe! O senhor!" Papai cerrou os olhos, como se examinasse um objeto distante, seu filho, e, incrédulo e com ódio, gritou no rosto do outro: "O que você sabe, rapazinho, sobre a minha vida?". "Nada disso. Chega! O senhor sempre tem pena de si mesmo. Agora também está jogando!" Meu pai tirou os óculos – o rosto tinha se transformado no de um estranho –, e, como se estivesse de pulôver, começou a limpar as lentes com a ponta do paletó.

NOSSO IRMÃO ESTÁ MORTO. SUAS PERNAS ESTÃO FRIAS, E A BARRIGA ESTÁ FRIA, TODAS AS SUAS PARTES ESTÃO FRIAS, O SEU CORAÇÃO ESTÁ FRIO, FRIA ESTÁ A FERIDA EM SEU PEITO, QUE O NOSSO FERRO CAUSOU. NINGUÉM MAIS PODE SE LEVANTAR CONTRA NÓS. VOCÊ É O REI DO BEIJO, RIU NOSSO IRMÃO DEBAIXO DA TERRA. DEVE TER SIDO UM SENHOR MAIS PODEROSO QUE NÓS, MAIS PODEROSO E MAIS OUSADO. SEU PODER EQUIVALE À SUA MISÉRIA. O NOSSO IRMÃO ERA VAZIO, O QUE ELE TOCAVA SE TORNAVA VAZIO. NUNCA NEGOU A SUA PENÚRIA, OU APENAS POUCAS VEZES, POR ISSO, GOSTÁVAMOS DELE. PORÉM, NÓS O ODIÁVAMOS PORQUE TÍNHAMOS INVEJA DELE. AGORA TERÍAMOS PRAZER EM OLHÁ-LO NO ROSTO, NOSSO ORGULHO ESTARIA À ALTURA DELE. SEU ROSTO ESTAVA MARROM AMARELADO, MORENO E PÁLIDO AO MESMO TEMPO. (A SENHORA MINHA MÃE DISSE: DESTA, DESTA COR AS MULHERES GOSTAM.) ELE SE EXTINGUIU, DIZÍAMOS EM PÚBLICO. – AGORA ESTÁ FRIO. O TEMPO MESQUINHO SE CONTRAI. ENTRE OS TÚMULOS SE ALÇA O VENTO. AINDA MURMURAM A REZA QUANDO NOS LEVANTAMOS DA GENUFLEXÃO.

SOMOS PRIMOGÊNITOS QUE TODOS DESPREZAM UM POUCO, DE QUEM TODOS TÊM UM POUCO DE MEDO.

No carro éramos dois, meu irmão de vez em quando punha a mão no meu joelho: no toca-fitas, Pink Floyd tocava muito alto: “O cinto de segurança é preto como deve ser”, falei amistoso. Considerando a fala um encorajamento, ele começou a contar que nos últimos tempos o papai, quando ficava nervoso, e sempre ficava nervoso com ele, começava a gaguejar, ou melhor, repetia as palavras, e isso tudo o irritava muito, porque era como se ele o quisesse apenas chantagear; vejam, meus filhos, a minha vida é assim, bem, ficou assim, assim, porque eu a sacrifiquei, a sacrifiquei por vocês, por você, pela sua irmã, pelo seu irmão, pela sua mãe, minha carreira, meus fluídos vitais, minha liberdade, por vocês, enquanto depositei tudo! tudo! aos pés da sua mãe! Depositei tudo lá, igual a um Dario!... Dario! Que nada. Um gerente de depósitos mesquinho que, sob o peso da disciplina da contabilidade, encolhido e amedrontado, remexia nas coisas como se fossem suas, como se fosse ele o dono! E não receberia o justo daquele para quem ele pesava cuidadosamente a mercadoria... “Eu não iria tão longe”, eu disse, também pesando cuidadosamente.

POR FAVOR, MINHA SENHORA, NÃO O ABANDONE. PORQUE SEM A SENHORA ELE DESAPARECE, O PEITO AFUNDA, ESCORRE TERRA ENTRE AS COSTELAS, TERRA RUIM, AZEDA, CINZA, E ERVAS DANINHAS PENETRAM NA CAMISA, AS PERNAS SE DESINTEGRAM, DOS QUADRIS ESCORRE MEDULA. OS ETERNOS ÓCULOS EXPLODEM, POR FIM SE RACHA A IMENSA TESTA: E SÓ SE OUVEM AS BATIDAS DOS OSSOS, MINHA QUERIDA E INIGUALÁVEL.

SENHORA, EU A ABSOLVO DA SUA INOCÊNCIA.

No velório, havia duas fileiras de bancos reservados para a família enlutada. Estávamos os quatro de pé, na frente, fitando as coroas, e de vez em quando cochichávamos alguma coisa. Olhei para o meu pai com o rabo do olho, sua beleza era fascinante, um rosto duro, branco, dolorido, pétreo. Seu comportamento impecável me deixava nervoso. *"Só espero não tombar"*, sussurrou minha irmã. Guardei a expressão. Tudo parecia teatral, e, ainda por cima, era nosso o papel principal, ou quase principal, nós, mimados, não exibíamos gratidão por isso, arrogantes como bons alunos, fazíamos observações inadequadas, rosnando. A minha irmã pediu o meu lenço e, com estrépito, feito um homem, assoou o nariz; mais tarde, pensei nisso com repulsa. M. e a esposa assentiram para nós; mamãe, tenho a impressão, detestava a mulher. Em seguida, uma antiga namorada do meu irmão veio nos cumprimentar, nos abraçou e beijou um depois do outro, apenas se deteve ao chegar em mim. Nos demos as mãos. Senti vergonha da minha paralisia, e do que a acompanhava: a minha pretensão vaidosa, que eu nem percebi. (Ela havia sido muito cruel com o meu irmão. "Vamos nos vingar", disse a mamãe para o meu irmão que soluçava, e, enquanto balançava a cabeça furiosamente, ela emitiu o som de quando abrimos um champanhe. Não me esqueço do "se vingar".) O não abraço foi uma cena bem chocante.

FANCSIKÓ E PINTA VELAVAM A MINHA MÃE. EU ESTAVA SENTADO À JANELA NUMA BANQUETA E OLHAVA PARA O VIDRO E AS ÁRVORES QUE SE ERGUIAM ATRÁS DELE... O MEU PAI ESTAVA SENTADO NA SALA, NA POLTRONA MARROM, SEM DIZER NADA, EU ME APROXIMEI E PUS A MÃO NO SEU OMBRO. "NÃO FIQUE TRISTE, VELHO, VAMOS SAIR POR AÍ E ARRANJAR TODO TIPO DE GAROTAS." "VOCÊ ACHA?" MEU PAI OLHOU PARA MIM. "VOCÊ ACHA QUE VAI DAR CERTO?"

Às mesuras piedosas do padre, os lábios do meu pai não paravam de se contorcer. Terrível. Durante a cerimônia, eu quase chorei em determinado momento: quando falaram sobre a "vida *difícil* da nossa irmã falecida". Embora as vidas dos nossos irmãos e irmãs sejam, em geral, assim. Pouco tempo depois, as coroas foram levadas, os véus esvoaçaram impudentes. Li muitas vezes a inscrição da marca do carro, SKODA, no carro funerário. E caminhei atrás do caixão, solitário, como se Deus enterrasse o mundo morto. Bom seria se estivessem apenas os dois no vazio assombroso: ele e os mortos do mundo; eu caminhava atrás do caixão marrom com a viseira de renda branca, dando umas espiadas na caixa de vidro do carro funerário, e vi na janela do carro o reflexo do meu rosto, a minha cabeça descoberta enroscada na viseira branca.

De vez em quando, tínhamos vontade de rir de uma ou outra lápide desajeitada. Naqueles momentos, sentimos superioridade em relação aos demais. Chuviscava. No piso de barro, a sola do meu sapato escorregava. Pobre sapato! No túmulo, no túmulo dos nossos avós, havia sido escavado um pequeno buraco para a urna. Do tamanho que um cachorro faria – também ele para ossos. Observei os castanheiros de coroas imensas e o plúmbeo céu distante que se derramava sobre nós como deve estar escrito em um grande romance doloroso... As árvores se moveram, e, com a cabeça baixa, pensei, *tanto faz, de qualquer maneira, alguma coisa tinha de acontecer.*

Na hora das pazadas de terra, que pareceram muito mais compreensíveis, objetivas e pertinentes que a fantasia, mais simples, me ocorreu o nosso tempo de sacristães, em que gostávamos muito de "enterrar". Pelo dinheiro. O especialista, mais tarde, com um olhar, com um vislumbre, sabia o que desejava saber (pela roupa das viúvas, pela dor dos choros, pelos trajes, pela proporção de homens e mulheres, pelos vínculos entre eles etc.)... De nós, na verdade, o que se poderia pensar? De mim, quem sabe, uma de dez, se demonstrasse sensibilidade talvez uma de vinte; do papai, como se deve, uma de vinte por cabeça, em termos de propina ele não se enganava; do meu irmão até uma de cem. De homens de grande envergadura, de boa família, no limite do choro: o máximo das possibilidades. A minha irmã, pálida, nos poria para correr.

Jogaram a pequena quantidade de terra em um lençol de náilon sujo, de pontas rasgadas, de aparência constrangedora. O tecido se agitava ruidosamente ao vento. Me revoltei, como em um restaurante, porque de novo não havia picadinho de coração. Recebemos as manifestações de pesar; num piscar de olhos, revelou-se que o papai tinha razão, do fundo da minha alma eu senti reconhecimento a cada aperto de mão, também pela mais simples das palavras. Houve quem falasse alemão; a palavra estrangeira parecia muito agressiva naquela situação, ainda por cima vinda daquelas pessoas finíssimas – como se tudo, com sua impropriedade, estranheza e obscenidade significasse que não havia problema algum. Embora houvesse um grande problema, porque a mamãe tinha morrido.

Ao ver tantas pessoas, pensei, na hora, que em casa eu prestaria contas, como sempre, sobre "os acontecimentos": "então, mamãezinha, tudo correu bem, havia muita gente... nada muito interessante". Quase não percebi que algo estava errado. A minha irmã pisou sobre a fita branca de uma coroa. Chegou a se enroscar um pouco: seu rostinho relutante, pesaroso, se mostrou, repetidas vezes, contrariado. Observei a fita de seda afundando na lama.

FOLIA IN EXCELSIS DEO.

QUE HAJA CELEBRAÇÃO. POR CELEBRAÇÃO NÃO ENTENDEMOS ELEGÂNCIA, TAMPOUCO UM ESTILO, MAS RESPEITO, COMPOSTURA, ELEVAÇÃO MORAL; LUZ, E NÃO BRILHO; OURO, E NÃO RIQUEZA.

Quanto aos pratos frios, à sólida variedade de bebidas, à disposição dos guardanapos – tudo fora organizado quase como se a mamãe ainda estivesse viva. Quase. Porque eu vi as sutilezas, até então imperceptíveis, ou melhor, vi a cor dos novos guardanapos, a opulência excessiva dos pratos frios. A erva daninha emergiu, e essa foi apenas a primeira transformação de uma série infinita de transformações. Não sei o que doía mais, a semelhança revoltante ou a diferença revoltante.

Éramos muitos, *a nossa família é grande*; nós – e depois os mais próximos, tias entediantes e amadas e não sei mais o quê, e os distantes, mulheres e homens desconhecidos, em quem, inesperadamente, víamos os nossos movimentos de boca, como se tivessem sido *roubados,* mas apenas ríamos juntos dessa graça, chamávamos os filhos de primos, as filhas de irmãs. "Querida irmã", eu disse para a moça magra, morena, que era elástica e esbelta como um animalzinho. "Karin." Seu decote imenso atrás chegava até as nádegas; na linha da cintura, nas costas, brilhavam pelos delicados, penugem escura. Assim se passaram minutos ou anos, nem sei.

Certa vez, no ônibus, em meio ao zumbido baixo, surdo, em que podíamos entender bem o que diziam todos ao redor, na verdade nada, em dado momento, atrás de mim, ouvi uma voz rancorosa, jovem, de mulher: "VOCÊ É UM IMBECIL?! NÃO VÁ MATÁ-LO!". Do mesmo modo, eu ouvia as frases dos meus parentes, com uma agudeza inesperada, como quando "alguém", durante uma lavagem de louça pacífica, nos dá uma facada. Atrás de mim falaram: "nem que me pagasse", e que certo guarda seria "um homem humano". Disso fui obrigado a rir, apesar de assustado, escondido num canto. Assim, eu apeei para observá-los; nada, são como nós, incrível!

NOSSA SITUAÇÃO NO OCEANO: NA MORTE, ELA ESTAVA DEITADA NO DIVÃ COMO SE VOASSE SEM ASAS. O DOIDO DA FAMÍLIA LHE ARRANCOU A COLCHA: "AO MENOS AGORA VOCÊ PODE VER O QUANTO NÓS VALEMOS!", VI; OS SEIOS BRANCOS INCHANDO LOUCAMENTE, NO MONTE DE VÊNUS OS PELOS ESTAVAM, PROFANAMENTE, CHEIOS DE VIDA – O CORPO DE MULHER AINDA VIVIA COM FÚRIA, APENAS O QUEIXO CAÍA SOBRE O PESCOÇO. ASSIM SE PASSARAM MINUTOS, OU ANOS, NEM SEI. "ISSO NÃO É NORMAL!... NA FRENTE DA CRIANÇA!..." – A TERRA ME CHAMOU DE VOLTA. O SOL TENCIONAVA INUNDAR O QUARTO EM DOURADO.

Falamos sobre os “nossos entes queridos mortos”, talvez porque, entre nós, amaldiçoados, com a nossa boa educação, sentimos que seria um descuido não falar deles, como se os negligenciássemos apenas porque, porque... *não estavam lá*, porque eram passado. O médico, sorrindo, desfiava o quanto mamãe lutou para não morrer, e falava feito um pai orgulhoso que expõe uma maldade impensada, e, portanto, interessante, do filho, sem desconfiar que a *solução* na verdade teria sido... “Mas ela não quis.” “Como, então ela tinha de querer?”

Karin e uma desconhecida estavam junto do piano. “*My life, the world, men*” – foram as palavras que ouvi. Parecia que agradavam um pouco em excesso uma à outra. Fui tomado por um desejo indizível. Todos cercavam a mulher com uma gentileza angustiada. “Olá”, ela me disse. Fiquei paralisado. “Vejo que você não sabe quem eu sou. Saca, na verdade”, riu rouca, e nisso, de súbito, envelheceu. “Tia Saca, como você talvez me conhecesse... Não tenha medo, não tenha medo, você chegou a se sentar no meu colo.” Muitos riram. “Essa Sacinha...” “Não estou com medo”, eu disse, e não sentia medo. A isso, se fez silêncio.

E porque, afinal, era preciso alimentar a pobre falecida, de tanto que fora graciosa na aceitação da própria impotência; igual ao pobre Ödön, sofreu tanto, o pobrezinho, com a sujeira, *pois você sabe, ele era tão soanhê*, tão asseado, seu intestino estava exposto e pingava junto da cama o... o barro intestinal, vou pô-lo para fora, meu amorzinho, para esquecer também que trabalhava no *instituto sanitário*, mas depois passamos a noite em claro ao pé da cama de Ödön, ele me abraçou por trás, “É verdade que a senhora me odeia?”, e meu marido, “Pode ter certeza, mocinha, de que não odeia; a religião dele proíbe”, na verdade... E a nossa querida (ou pobre?) Lizinha se manteve jovem, porque a sua alma permaneceu jovem – Deus, como me irritava, ou melhor, me enfurecia seu envelhecimento, nem tanto o do corpo, pois envelheceu bem, usava as rugas quase com dignidade, o branqueamento dos cabelos era interessante, mesmo que no final os cabelos tenham começado a cair, de toda forma, assumiu com tranquilidade o peso dos anos, a não ser por um período histérico breve, em que andava com uma peruca ruiva cor de bronze, em túnicas indianas, cintos largos, como “Vengrzsanovszkaja, a ginasta mais bonita da cidade”, ainda assim, talvez porque achasse que a velhice significava sabedoria, e era sua obrigação inevitável dividir a sabedoria com os seus, chamar a atenção deles para as inconsequências na condução da vida, para a melancolia periódica do horizonte da alma, “que vida é essa, *meu filho*?!”, e assim por diante (enquanto naturalmente se tornava mais e mais mesquinha, tudo que não era costumeiro a incomodava, virou avarenta (!) e pregava e era capaz de ver o pior em tudo, sempre).

DE REPENTE, COMPREENDEU POR QUE A SUA MÃE ODIAVA AS ARANHAS NAQUELA ÉPOCA. POR QUE FICAVA NERVOSA QUANDO ELE, ACARICIANDO-AS – EM ESPECIAL OS OPILIÕES! –, AS SOLTAVA.

POR CAUSA DA TEIA, ORA!

O sol tencionava inundar o quarto de dourado. Cheiro de alcatrão, sussurro baixo de plátanos vermelhos, nos quartos era outono, gelo e fumaça, o murmúrio contido da casa de pedra, sobre a cômoda, à porta o rato horrendo rói. “Não foi uma *bela morta*”, disse o médico tragando a piteira vazia. Seus cabelos pretos esvoaçavam azulados, o nariz delgado, curto, porém não arrebitado, como o de um adolescente, o queixo forte e ameaçador, via-se que era um homem que precisava se barbear duas vezes ao dia. Me impressionou, no começo e sempre, o fato de que era baixo. As pernas eram curtas. “O que você quer de mim?”, gritei. Ele caiu na risada. “Mostre os seus óculos”, estendeu a mão, eu quis afastar a cabeça, mas acabei não me mexendo. Tirou meus óculos com cuidado, como se me despisse, e eu, submisso, o ajudei. Pegou a minha cabeça: “Assim você fica bonito”.

Não quero que estas anotações soem verdadeiras. A pia fica na entrada do banheiro, bem perto da porta, a minha cabeça estava a um palmo da porta. Ouvi passos, prendi a respiração. Pelo buraco da fechadura se infiltrava o som ritmado de respiração, suspiros, arfar suave. “É você?”, a voz de Karin. Não respondi. “Eu sei!” Parecia arranhar com a mão. “Você está aqui! Eu sei! Você está aqui!” De novo passos. “O que você faz aqui!”, Saci. “Deixe-me. Deixe-me de uma vez. Isso não é da sua conta!” Brigavam? – A simplesmente sentimental ou, ante a voz dela, a perfeitamente surda e desajeitada comédia da minha ansiedade? A sombra, a noite, o silêncio, o frio.

Existe tentação. Não seria melhor, no caso, se aterrorizar? Voilà votre mort, monsieur! As mulheres se tornaram uma só, os cabelos, aos gritos, se tocavam, sussurravam, os hálitos eram comuns. O recheio do pão recheado caiu. Receita da minha mãe, quase bem feita. Karin tinha um cheiro delicado, de estrangeira. No escuro, vi apenas seu braço, o braço luminoso, forte, bonito, carnudo; braço de verão. Quando larguei, desesperançado – como se ainda estivesse doente –, as minhas mãos no meu colo, a mulher as pegou, como se fosse a minha mãe. Senti uma gratidão tão intensa que faria qualquer coisa que me pedissem. Senhor, eu sou raso demais para tudo isso.

“VENHA COMIGO PARA O BANHEIRO MASCULINO.” QUANDO SEU DEDO TOCOU O ORIFÍCIO, ELE GEMEU: “MEU DEUS”. MEU PAI TEM AULA DE BONS MODOS. “NÓS NOS LEVANTAMOS, TAL QUAL CAVALHEIROS, QUANDO AMIGOS NOS SAÚDAM, SE ESTAMOS SENTADOS EM CABINAS SEPARADAS?” “OS CAVALHEIROS NÃO COSTUMAM SE LEVANTAR QUANDO ESTÃO SENTADOS EM CABINAS SEPARADAS”, RESPONDE, “EMBORA POSSAM SE LEVANTAR UM POUCO E PEDIR DESCULPAS POR NÃO PODEREM SE LEVANTAR POR COMPLETO.”

O médico continuava a girar a piteira com um meio sorriso de superioridade. "O que é a vida? Eu vou dizer. Quando nascemos, podemos escolher entre três caminhos, porque não existe outra escolha: se escolher o caminho da direita, os lobos o devorarão; se for para a esquerda, você devorará os lobos; se seguir em frente, pode devorar a si mesmo." Fiquei em silêncio. "Na desgraça só uma coisa proporciona consolo: a diversão. A diversão distrai, e leva, imperceptivelmente, à morte. Não conseguimos arranjar uma receita para a morte, para a desgraça, para a ignorância. Para que ainda assim possamos viver felizes, inventamos que não pensaremos em nada disso."

Como eu odiava essa fala ambivalente e quanta beleza eu via nela. Meu rosto ficou vermelho, eu respirava ofegante, as proporções se modificaram. "Beba!", ele me ordenou, "e depois caímos fora." Ele falava de duas enfermeiras que estavam sempre de bom humor, sempre riam, não conheciam a tristeza, e, caso esfregassem as coxas, isso soaria como música, enquanto remassem, batendo as mãos na areia, feito galeirões. "Venha", ele disse, "venha." "Não estou entendendo, não estou entendendo, não estou entendendo!", gritei. "Acalme-se, todos e os de todos morrem", e pôs a mão leve, fresca, na minha testa.

Fui buscar aguardente; a engrenagem funesta desatou. O rosto da mulher da rouparia brilhava engordurado, em especial, a boca. Isso só se vê em revistas de moda. Antigamente devia ter sido bonita e forte, agora estava velha – mas no íntimo acrescentei: e bonita e forte. Parecia que eu estava sentindo uma vertigem; tinha dez mil almas, e não tinha peso nem senso de responsabilidade, só nervos. Areia ao vento. Observei-a trabalhando. Sempre sabia quem havia pago e quem não. "Como?" "Dobro a ponta. Depois a aliso." Ergui a ficha da rouparia diante do meu rosto. Os seios dela subiam e desciam semelhantes ao fole de um ferreiro. "Então a senhora alisa..." "Aliso." "Sim?! Então é isso?!" "Não sei o que o senhor está pensando." "Penso no que posso pensar." "Pode ficar tranquilo", disse, mostrando o beiço, quase com desprezo. "Amanhã eu volto." "Está bem. Mas vejo que não vai voltar." "Como?" "Vejo que o senhor quer tudo na hora."

A possibilidade do chorar se movimenta em mim feito um animal nojento. Um nó peludo, encharcado, um gambá, por exemplo. Ou um chacal pequeno. Ou um *rato* gordo. Grandes espaços vazios se alternam em mim com terrenos negros, sombrios. Os corredores comunicantes são os intestinos. Meu estômago resmunga o tempo todo. Penso apenas em pratos finos, filé com trufas. Há um cheiro de esgoto em mim. Não. Não. Não há nada. Mãe só existe uma. Na mamãe, o robe púrpura de barra prateada, o cinto chinês largo, o chinelo de seda aberto no calcanhar; nos cabelos pretos de ébano, o belo enfeite de penas com as cores do arco-íris, miragem, vento constante, os minúsculos pingentes de vidro dos lustres vienenses tilintam – vento, brisa, hálito. Você não tem medo, meu filho? Oh, mamãe, se eu agora ousasse responder com sinceridade descuidada, ouso, diria que não, não compreendo a pergunta, como teria medo do que existe, pois não é muito mais assustador o que não existe, a inexistência, o que existe, existe, o que não existe, shhhh, shhhh, quieto, menino bobo, malvado, quieto.

PARA COM AS PERNAS ABERTAS. OS DOIS PEQUENOS ABRAÇAM SEUS JOELHOS. ERGUEM AS MÃOS ENTRE AS COXAS DELA. DISTRAÍDA, ELA AS AFASTA.

DEUS SOPROU OURO NO MEU CORAÇÃO.

As enfermeiras de avental branco pareciam estar de minissaia. Assustaram-se um pouco com o cheiro de aguardente. “Onde vocês estavam, seus inúteis?”, perguntou, por fim, a mais gorda. Olhei enfeitiçado para a pequena calcinha prateada, brilhante na escuridão da raiz das coxas. “Prata é a minha cor”, disse ela, orgulhosa. Ao ouvir a confissão fragmentada, revirando com arrogância o cigarro entre os dedos, fui tomado pelo desejo conhecido de humilhar a mulher. Fui dançar com a outra. “Não bebo, pois quando bebo fico vulgar.” Ela riu na minha cara e eu devolvi a risada. Me beijou com força. Usava pasta de dente Kalodon da Alemanha Oriental. Nessa hora, eu a reconheci! Era ela que nos havia mostrado a mamãe no hospital. Mas não consegui recuperar o meu ódio de então, de nenhuma maneira. Precisava de algo novo.

Enquanto dançava, o doutor bebia na garrafa. “Champanhe, oh champanhe”, papagueava, “então, meu velho”, ele foi falando, gentil, “também a morte precisa ser desejada.” “A morte deseja!”, gritou a moça em seus braços. “Está tudo bem, meu menino”, a enfermeira alisou depressa o meu rosto, como se pedisse desculpas. De repente, tudo pareceu tão *pouco*, frio, incorpóreo, premeditado, desejaria berrar, lamentar-me! Pouco! Pouco! Pouco! Enfiei a testa em seu pescoço ardente, a abracei e apertei, apertei. “O que houve?”, ela perguntou. “Eu... eu”, comecei, “eu...” Percebi que chorava. “Pobre menino.” Mas depois notei em seu corpo, pela discreta tensão dos músculos, que ela se distanciava. “Não, por favor, não”, implorei apavorado. “O que não?”, perguntou estupidamente.

Estávamos no recesso da janela, minhas pernas tremiam. Olhou para a escuridão, do lado de fora, mas lá também ela viu apenas o meu reflexo. Quando se virou, notei que estava assustada. Nisso, eu a desejei de novo, tanto que senti câimbras. “Não tenha medo”, eu disse com rancor. “Se me deixar sozinho agora eu a mato!” Encerro-me, abadessa, em sua noite.

VOCÊ EXISTE PARA SER.

FAÇA! FAÇA-ME LIVRE!

FO... A ATERRORIZANTE. QUE ME ILUMINE A SUA FENDA PUBIANA! CLITORIS PECCATA MUNDI!

"O céu está vazio", disse bem humorado o médico. "A casa está órfã, não há risadas." Depois, cansado, interrompendo-se com os próprios pequenos soluços e pigarros, ele discorreu sobre fazer amor, sobre como seria uma grande paixão se uma grande paixão fosse um mergulho cada vez mais impessoal, uma queda que levasse tudo, e essa impessoalidade seria assustadora e atraente, assustadora porque alguém se perderia, "eu", de quem gostamos tanto, e atraente: poder ser qualquer um, desejar tudo. Mas podemos desejar tudo? Essa é a questão. Seus olhos inteligentes brilharam tristes. "Você entende?"

Na varanda não encontramos mais ninguém, uma noite impiedosa pairava sobre nós; no céu varrido e polido pelo vento, brilhavam estrelas puras, a que o clarão longínquo do farol misturava, de momento a momento, uma cinza passageira. A brisa trazia cheiros de especiarias e de pedra; algumas ruas adiante, um automóvel pareceu deslizar longamente sobre a rua molhada, e em seu rastro gritos confusos, vindos de longe, romperam de novo o silêncio. Depois, o silêncio caiu de novo sobre nós com todo o seu peso de céu e de estrelas.

Quem vive não pode se esconder. Devagar, tudo acontece conosco. O tempo mesquinho se contrai.

PIERROT LE FOU ESTÁ EM UM ESTADO DE ESPÍRITO TRISTE, VISIVELMENTE SE ARREPENDE DAS ESCAPADAS PARISIENSES, OU RECEIA A VINGANÇA? RASGA FLORES DOURADAS DE PAPEL, E ESPALHA OS PEDAÇOS AO VENTO DO CREPÚSCULO... DE SÚBITO, A CERTA DISTÂNCIA, UM CHORO TERRÍVEL. A TERRA ESTREMECE, O TROVEJAMENTO DO CHORO SE INTENSIFICA, E PARECE MAIS PRÓXIMO – UM LEÃO DE INSÍGNIA COM UMA JUBA DE TALCO DOURADO SURGE DE UM CASSINO. PIERROT, ATIRANDO FORA OS RESTOS DE PAPEL, PROCURA FUGIR, MAS NA TENTATIVA DE SALTAR SOBRE O CORRIMÃO, SE ENGANCHA NELE COMO UM CANIVETE MEIO ABERTO, E, NUM RANGIDO INDECENTE E INESPERADO, SUA CALÇA SE RASGA EM AO MENOS CEM LUGARES. O LEÃO DE INSÍGNIA O OBSERVA COM UM SORRISO IRÔNICO DURANTE ALGUM TEMPO, EM SEGUIDA, ARRANCA COM FORÇA AS LUVAS E, DO MODO MAIS HORRENDO, MASSACRA O PIERROT, QUE BALANÇAVA IMPOTENTE...

A PLATEIA SE ESPANTA COM A AUDÁCIA.

"Agora vá", disse o médico. Na frente da casa, um velho jardineiro trabalhava. Como quem estranhasse, com a cabeça inclinada de lado, observava, mantendo-a à distância, uma planta de raízes emaranhadas, parecia segurar um gatinho pelo pescoço. Para mim, a partir de palavras me ocorrem palavras, e assim por diante. *Eu me sinto desenraizado porque sou a raiz*. E de novo me lembrei de uma mulher de quatro sobre mim, os seios pendentes, sacudindo o traseiro com força, os seios balançando, entre as pernas, vi as raízes dos pelos finos caídos, ela lançava uma sombra enigmática, delicada, sobre a parede salitrosa.

E, diante da casa, no parque sombreado, ao ver a planta-animal estranha, morta, na mão velha, pegajosa – vazio, cheio de pó, com dor de cabeça, muita!, fora de todos os papéis, do meu papel, que é a naturalidade, não tive saída, a não ser a de tomar consciência, no íntimo, para mim mesmo, solitário: fiquei órfão.

E no mesmo instante – com muita força e obviedade, como antes, quando a natureza de um exemplo matemático se iluminava inesperadamente, de manhã, depois de três dias, assim, no meio do aperitivo, sim, eu, *le phenix de la famille* –, surgiu a figura curvada, tal qual um arranha-céu, espigada, do meu velho amigo construtor, oferecendo-me um lugar, com gestos desajeitados, no apartamento escuro, frágil, e o seu *dressing gown* e o belo xale de seda sinalizavam que ele se vestira bem por causa do convidado; então, o vi em pessoa, pela primeira vez, embora as suas construções, desde que me dou por gente, eu as conhecesse havia muito tempo, com intimidade, tanto que *esse* encontro era quase apenas uma reedição (importante) banal; o tempo passou com isso e mais aquilo, como se nos conhecêssemos havia mil anos, duas senhoras de idade, tricotadeiras, velhas bruxas, que trocavam ideias sobre tricô, as minúcias do ofício, UM PONTO MEIA, UM PONTO TRICÔ: até que, com um ódio incompreensível, e

NA CANDENTE MANHÃ DE FEVEREIRO EM QUE BEATRIZ VITERBO MORREU, DEPOIS DE UMA IMPERIOSA AGONIA QUE EM NENHUM INSTANTE SE REBAIXOU AO SENTIMENTALISMO OU AO MEDO, NOTEI QUE OS PORTA-CARTAZES DE FERRO DA PRAÇA CONSTITUCIÓN TINHAM RENOVADO NÃO SEI QUE ANÚNCIO DE CIGARRO; O FATO ME TOCOU, POIS COMPREENDI QUE O INCESSANTE E VASTO UNIVERSO JÁ SE AFASTAVA DELA E QUE

subitamente envergonhado, ele disse: “Estou viúvo!”, com pausas insuportavelmente longas, mas ainda assim com fluência, os olhos faiscantes, impetuosos e, nessa hora, atropelando as palavras, gaguejando a ponto de dar medo, como se o próprio edifício da língua fosse ruir, disse que sentia, ou melhor, *pensava*, que tinha culpa na morte da mulher, culpa porque havia se conformado, aceitara, aceitara um lugar-comum, um lugar-comum, a despeito de tudo, sustentado na autoridade pançuda de milênios, o fato de que somos mortais, portanto, sua mulher também era mortal, e diante disso ele, ao modo de um coiote medroso, se acomodara, seria bom se um tribunal húngaro, de uma ou outra instância, parcialmente livre, com alguma dignidade aceitasse como prova que não tem jeito, somos mortais, mas isso era apenas conversa, e conversa o tribunal não aceitaria, por isso, ele teria compromissos fundamentais que, culpado, ele deixara passar, ele embarcara, embarcava a cada dois anos nesse golpe baixo, o fizeram de bobo, o esfolaram, lhe passaram a perna... engolia em seco e escancarava a boca, mudo, lutando antecipadamente com as palavras que temia, em que não confiava e que usava, gesticulava trêmulo, o belo rosto masculino se contorcia, nessa hora se parecia com uma velha doida... não deveriam ter aberto caminho para tal baixeza, mas, escorria a lágrima em seu rosto, mas... mas simplesmente deveria ter se deitado junto da mulher, deveria abraçá-la, acariciá-la, chamá-la pelo apelido, mimá-la, e segurá-la, amassá-la, prendê-la, amarrotá-la, até que se desfizesse entre suas mãos ou despertasse... essa lama!... essa lama!... (Caro velho amigo. Gosto de você.)

AQUELA MUDANÇA ERA A PRIMEIRA DE UMA SÉRIE INFINITA. PODERÁ MUDAR O UNIVERSO, MAS NÃO EU, PENSEI COM MELANCÓLICA VAIDADE; CERTA VEZ, BEM SEI, MINHA VÃ DEVOÇÃO A EXASPERARA; DEPOIS DE MORTA, EU PODIA ME CONSAGRAR À SUA MEMÓRIA, SEM ESPERANÇA, MAS TAMBÉM SEM HUMILHAÇÃO.

Não!, eu disse, eu esta falta... esta não. Inesperadamente, o parque se modificou; o gramado, as cotovias e as papoulas pareciam uma travessa cheia de chantili preto igual a piche... Ouvi a minha respiração cada vez mais rápida, ouvi um animal que pisava bem atrás de mim, compenetrado, sangrando. Eu patinava pelos corredores do hospital com o prazer de um personagem de desenho animado, com uma alegria ingênua, como Thyl Ulenspiegel sobre o gelo dos canais flamengos (?) congelados.

De súbito, lá estava mamãe, diante de nós. Virada de lado, quase transparente, encolhida, como se tivesse dobrado os joelhos. A testa havia crescido. Por isso, o rosto adquirira um ar de menina. Uma menina curiosa que grudava a testa na vitrine da loja. As mãos, com um gesto friorento, postas nos ombros. O cabelo todo colado na testa.

Quem é que está lá deitada, objeto, personagem, sombra cinzenta no buraco negro? Tão familiar... Uma familiar querida...

"Mãezinha, você está ouvindo, mãezinha, Beatriz, Beatriz Elena Viterbo, Beatriz querida, Beatriz perdida para sempre, sou eu, sou eu..."

As células partiam para o mundo! Eu as via. Eu as via nos olhos fechados, imóveis, em volta deles, nas fendas fundas e escuras, nas rugas, na testa crescida, no nariz, como se estivesse sido destacado, um corpo estranho colado depois, e na barriga inchada, e nem tanto nos cabelos grisalhos, mas na lisura inesperada dos cabelos, a vida deixara os cabelos, eles se tornaram engordurados e grudentos e pendiam sobre a superfície cinza acidentada que chamava de rosto "o anatomista sempre entediado, de aparência triste". Suas pernas ainda estavam quentes!!!

NEM TANTO QUANTO, OU MELHOR... CONSOLA, COMO O HOMEM QUE ANYJA CONSOLA. MEU IRMÃO DE LUTO! ÚNICO FILHO DESSA MULHER DIREITA, BOA, QUE DESCANSA NESTE CAIXÃO, VOCÊ SABE O QUE SIGNIFICA PARA NÓS O CONSOLO DE MÃE.

Sou um metal que ressoa e um címbalo vibrante! Que todos apodreçam. Odeio você.

Este jardim é uma massa sangrenta de gelo derretido. Mas não, mas não, mas não, mas não! Floresça em mim, meu Deus!

Meu filho. Meu filhinho. Meu filhotinho. Pois então agora, assim, você lá, eu aqui, lá você, aqui eu. Não penso em nada. Aceitei a sua morte em um mutismo imbecilizado. Você morreu, e eu não existo. E assim por diante. Você já não existe, mas é. Você é quem morreu. Você e só você existe, quem morreu. Minhas lágrimas acabaram: mas quando penso que sou a sua mãe, que *eu* sou ela, fico emocionada. Às vezes, me espanto de não ter deixado cair um ou outro objeto da minha mão, de tanto que perco a sensibilidade quando, de repente, me lembro de você.

Você não iria gostar desta frase (porque é indelicada e demasiado importante em si): você vem à minha mente, para que eu venha à minha mente. Não existe dor em mim, apenas cansaço, silêncio e um terror crescente. *Fissuras*; poderíamos chamar a isso tudo de dor. Como de hábito, ouço perguntas equivocadas. Não consigo articular a minha condição. Entre dois gestos acontecem coisas demais, e, nos intervalos, não me leve a mal, é como se meus intestinos vazassem. (Em questões de estilo não vou mais pedir desculpas.)

Em um mesmo dia não sou capaz de apreender os acontecimentos do próprio dia. Isto é bem ruim. *Não há um lugar onde eu possa estar*. Embora no mundo inteiro, a pátria...

SAIRIA PARA FRENTE DA MINHA PORTA,
ERGUERIA OS OLHOS PARA O NASCER DO SOL,
LÁ VERIA UMA BELA CAPELA BRANCA,
POR FORA GRACIOSA,
POR DENTRO DOURADA.
POR QUE CHORA A MINHA MÃE?
OH, MEU FILHO, MEU FILHO, MEU AMADO FILHO SANTO,
NÃO DEI À LUZ PARA QUE FOSSE EU A MÃE TORTURADA!

PARA AQUELE QUE DIZ ESSA REZA, TODAS AS NOITES E AS MANHÃS, A VIRGEM MARIA COMUNICA QUANDO TERÁ DE MORRER.

Estou de luto por você! Visto meias pretas, um grande chapéu preto e um costume preto feio. No meu luto, serei uma velha, esse será meu sacrifício, não pense que é pouco. Estou de luto por você, quer queira, quer não. Não sou uma qualquer, uma vez que sinto tamanha tristeza. Estou em apuros, assim me consolo, e espreito meu rosto no espelho: como ele surge, inesperado, um pássaro corpulento! Quero ter direitos, quero que me respeitem, tenho um morto! – Acho que você sempre gostou de pensar que não fui uma "boa mãe".

Ontem me esqueci de comer. De noite, ousei sair, como se houvesse uma guerra... Fui à casa de Ágnes. Nós nos abraçamos sem dizer palavra. Chorei. Senti o calor dela nas costelas... Querida Ágnes, poderia apertá-la assim para sempre, poderia ficar para sempre em seus braços.

O Tempo é uma bela mulher branca, cansada. Recolhe as pernas debaixo da saia de seda rodada. O rosto imóvel estampa uma careta amarga. Alguma coisa aconteceu, portanto, passou. Isso, porém, não é uma certeza. No melhor elenco, Edith Clever faz o papel. Se fosse um homem, eu choraria fedendo aguardente. Sentado, marcaria posição. – Estou só, meu filho. Quem está só é velho. Mas nem assim eu sou velha!!!

Veja, estou aberta, feito uma ferida, estou me lamentando, gemendo. Tão doce, que a qualquer momento poderia me apaixonar. Não é uma visão agradável. Estou deplorável, meu menino... A prostração!, que fica no limite entre a fraqueza e a culpa, onde a inocência troca de lugar com a culpa. Não há sinal dela. – De manhã, meio adormecida me virei sobre a colcha amassada, apertei-a entre as coxas. Chore!, desejaria, ou melhor, *que escapasse uma lágrima de seus olhos...*

De pé, com Ágnes, comi meio frango assado. Ela o fritou bem, e a pele crocante, marrom-avermelhada, estava delicadamente grudenta, na escadaria continuei a chupar os dedos, não tive coragem de tocar o meu rosto, embora as lágrimas salgadas ardessem na minha pele.

Não estou triste. Nem alegre. Não tenho vontade alguma. Só ficou a dor; apesar de tudo. Sempre a mesma dor, sempre o mesmo medo... e assim nunca fica mais fácil, nunca fica mais difícil. Tudo fica cada vez pior.

NEGAMOS COM VERBOS AUXILIARES.

Meu filho, sinto medo neste país. Pode ser que sentisse medo em outros países também, mas é neste que sinto medo. Não muito, um pouco. Mas é como se o medo fosse desmedido. Apesar de não ser; li sobre isso. De todo modo, a pequenez do medo se revela depois: de que *era* pouco. Nessa hora, rejubilar-se é ridículo. Ou, ao menos, assustador.

ESTE É UM MUNDO QUE AFIRMA POSSUIR HONRA, EMBORA SEJA BEM EVIDENTE QUE NÃO POSSUI HONRA, OU, MAIS EXATAMENTE, NUNCA EXISTIU NADA PARECIDO COM HONRA NELE, NÃO É APENAS ASSUSTADOR, NÃO É APENAS ATERRORIZANTE, É TAMBÉM RISÍVEL, E VIVEMOS AQUI, EM UM MUNDO MUITO MAIS QUE ASSUSTADOR, ATERRORIZANTE E RISÍVEL, COM ISSO CADA UM DEVE SE CONFORMAR, E QUANTAS CENTENAS DE MILHARES E DE MILHÕES DE PESSOAS SE CONFORMARAM, VOCÊ DEVE PENSAR NISSO, QUANTOS, MAS QUANTOS, SE CONFORMARAM, PARA COMEÇAR, AQUI, NESTE PAÍS ASSUSTADOR, ATERRORIZANTE E RISÍVEL, NESTA PÁTRIA RIDÍCULA E ASSUSTADORA, CARACTERÍSTICAS DESTE PAÍS, DESTA PÁTRIA, DAQUI, PARA QUE POSSAMOS EXISTIR, PARA SEGUIRMOS ADIANTE POR MAIS UM DIA, NUNCA PODEMOS DIZER A VERDADE, PARA NINGUÉM E SOBRE NADA, PORQUE NESTE PAÍS SÓ A MENTIRA FUNCIONA, A MENTIRA, COM A DISTORÇÃO E O MASCARAMENTO OFERECIDOS À MULTIDÃO TRAÍDA E PATRULHADA. NESTE PAÍS, A MENTIRA É TUDO, E A CONSEQUÊNCIA DA VERDADE SÓ PODE SER A DENÚNCIA, A CONDENAÇÃO E O DESFIGURAMENTO. POR ISSO, ELE, CSÁTH, NÃO PODE SILENCIAR QUE NESTE PAÍS O POVO TODO SE REFUGIOU NA MENTIRA. QUEM DIZ A VERDADE É DE IMEDIATO PASSÍVEL DE PUNIÇÃO E RIDÍCULO, AS MULTIDÕES OU OS TRIBUNAIS DECIDEM QUEM DEVE SER PUNIDO OU RIDICULARIZADO, OU PUNIDO E RIDICULARIZADO. QUANDO NÃO SE PODE PUNIR QUEM DIZ A VERDADE, ELE DEVE SER RIDICULARIZADO, É PRECISO TORNÁ-LO PUNÍVEL, NESTE PAÍS TORNAM RIDÍCULO OU PASSÍVEL DE PUNIÇÃO QUEM DIZ A VERDADE. PORTANTO, POUQUÍSSIMOS DESEJAM SE EXPOR À POSSIBILIDADE DE SEREM RIDICULARIZADOS OU PUNIDOS – – –

O seu pai estava trabalhando em um manuscrito jamais terminado, quando chegaram soldados, à procura de alemães. Eram jovens, quase crianças, entraram fazendo muito barulho, berravam, andavam para cima e para baixo, e não era possível saber se estavam enfurecidos ou se estavam se divertindo com a confusão. O seu pai sabe russo, embora o negue; mal tirou os olhos do manuscrito, disse que saudava os oficiais, que se sentissem em casa, mas ele não os poderia atender porque agora, que o desculpassem, estava ocupado, podiam ver que estava trabalhando. Estava trabalhando em seu romance. Ou seja, *escrevia* um romance. Romance. Sim. O rapazola que comandava a tropa ficou vermelho, começou a urrar enlouquecido que enquanto eles massacravam, chafurdando em sangue até os joelhos, e Deus via a alma deles nessas ações maléficas, o seu pai escrevia orgulhoso, ou melhor, envaidecido, e nisso ele agarrou a pilha de manuscritos e a atirou no fogo. Eles queimaram.

O seu pai deu um grito e um bofetão no soldado de rosto imberbe.

Fez-se silêncio, frágil e vazio. O rapazinho se dirigiu para a saída, como se tudo tivesse acabado, depois, já na porta, se virou com a rapidez de um raio e fez um gesto sutil com a cabeça, venha. Quando o seu pai se aproximou dele, quase simpático, na verdade, parecia ter decidido ser educado, ele disse em voz baixa: "Agora vamos executá-lo".

Nisso, surgiu um oficial húngaro, *que mudara de lado ou coisa parecida*, incrivelmente seguro, e logo trocou informações. Aí, o seu pai naturalmente sentiu medo, o medo o deixou falante, ele se atirou sobre o oficial, corajoso por causa do medo. "Por que dão uma de superiores, por que dão uma de superiores em relação à morte, que distribuem a torto e a direito... Por que acham que podem fazer qualquer coisa?" "Por que não acharíamos?" "Digamos, por causa de Deus." "Deus não existe." "Então, por causa de Satanás." O oficial riu. "Se Deus não existe, então não existe Satanás." "Pois então, está bem. Está tudo certo. Pode ser que não exista Deus nem Satanás, e que não exista nada, nada, apenas os senhores, os senhores são os únicos que existem, só existem os senhores, está bem... mas, então, fiquem sabendo, por favor, que os senhores são uns porcos, e serão malditos até o fim dos tempos!"

Os soldados se encheram de tudo, mais que do seu pai, se cansaram, praguejaram e desapareceram. O seu pai ficou soluçando. Embora gostasse muito dessas cenas. Eu, de minha parte, tremia no guarda-roupa, com medo de que me fer... ssem. Ainda hoje, o cheiro de naftalina me faz vomitar na hora.

QUE DEUS DÊ LONGA VIDA AO MEU PAI, ELE PENSOU, NO ANIVERSÁRIO DO PAI. SEUS MÉRITOS, SEJA COMO FOR, SÃO ILIMITADOS. "DIGA, SEU MENINO DESCABELADO, ONDE ESTÁ A SUA MÃE?"

Não tenho talento nenhum; foi o que concluí com a sua morte, me perdoe.

Meu filho, sonhei que lhe dava um beijo no seu leito de morte. A sua boca estava chupada, como a das velhas, ou funda, como os túmulos antigos, e você inspirava sibilando. Quando lhe dei um beijo suave, os sibilos se intensificaram, de repente, você começou a sufocar, e da sua boca começou a sair um verme da grossura de um braço. *Desse tamanho*. Era grande, verde-claro, verde da cor do livro desbotado do Sterne, a edição de 55, na tradução de Győző Határ, o verme ria, como o ator de cabaré, cujo nome – naturalmente – não me ocorre agora.

Um verme verde, sorridente, *o que vai ser disso, meu filho*, eu senti muita vergonha.

Há um compositor, mal o conheço, mas penso nele como se fosse um amigo. É capaz de olhar, sobressaltado e encorajador, como uma criancinha perdida entre os casacos, no hall de entrada... Eu subia pela escadaria larga da Academia, e ele estava de pé, no alto dos degraus; bati nas costas dele como em uma parede, dei um passo para o lado, e, feito um homem, pus a mão no seu ombro. "E aí?", eu disse. "Ahã", ele disse. "Você está bem?", perguntei. "Sim", ele disse, "e você?" "Eu não."

No concerto, havia uma moça sentada à minha frente. Quando ela tirou o pulôver, estava quente, a blusa dela deslizou para cima e expôs sua cintura. A pele morena perfeita brilhou. Incapaz de resistir, estendi a mão na fenda entre o encosto e a almofada da cadeira e a toquei com a ponta dos dedos. Ela se virou. "Não consegui resistir, querida", eu disse. "Velho puto", ela retrucou por sobre os ombros.

"CHEGA DE PERDER TEMPO NA VIDA. TODOS OS DIAS DE MANHÃ, ANOTE O SEU SONHO. SEM ACRESCENTAR NEM SUPRIMIR NADA. O QUE VOCÊ ACHA? A PARTIR DISSO VAMOS ESCREVER UM LIVRO, EU DAREI A ELE UMA FORMA ARTÍSTICA, E VAMOS ENCHER O BOLSO DE DINHEIRO!" ABRAÇOU A MÃE, E, AO RITMO DE UMA VALSA IMAGINÁRIA, ESTAVA PARA GIRÁ-LA, MAS A MÃE NÃO DEIXOU.

Sempre detestei escrever. Porque eu sempre sabia o que acontecia comigo. E caso não acontecesse nada, eu também me conformava. Mas agora... era como se amarrasse a própria mão... Tudo se fecha à minha frente, igual a flores noturnas, boca-de-leão ou sei lá o quê, e não tenho liberdade, não escrevo o que quero, mas o que suporto, o que a frase permite. Por exemplo, também me faz bem escrever no passado ou passar tudo para o plural. Não dá para acreditar!

Por mais que eu rumine, é lamentável que a minha escrita nasça a partir da sua morte. Nos meus sonhos, há um demoniozinho que reaparece com frequência, impertinente. Um demônio lascivo, pequeno, como um anjo de Murillo. Tudo é colorido demais, os chifres têm a base amarela faiscante, a boca sensível brilha lilás-avermelhada, vejo sua saliva, um lençol fino de seda. Está sentado sobre a minha barriga – às vezes, lamento que você seja pudico. Na verdade, puritano e puro, e você confunde isso com pudor. Eu teria tido prazer em conversar com você, meu filho. Bem abertamente. Eu tinha curiosidade por tudo e, você sabe, talvez saiba, que não sou medrosa (nem corajosa), não tenho medo de mim mesma. (De você, *nem* eu, diria, caso *você* o tivesse dito.)

O diabinho estava sentado na minha barriga e, de vez em quando, naturalmente, procurava alcançar o meu ventre. Depois disso, ele ficava sério e, enojado, sussurrava no meu rosto: “Monstra, monstra! Eu sei direitinho que agora também, neste momento delicado, você está pensando no fraseado!”. No despertar matinal exausto, as minhas mãos entre as coxas. Não fique vermelho, meu filho, você também esteve lá... (Meu pai, coitado, me surpreendeu um dia me esfregando. “É melhor você ler um pouco”, ele disse, frio. A isso eu perdi a cabeça: “Mas o que quer o meu pai *com a* droga dos livros!”. Porém, ele não me bateu, saiu em silêncio.) Ou seja: muito verde, flores cor-de-rosa moribundas de tamarisco, demônio negro, carapinha, com uma grande boca vermelha. Todos pensam em como você é puritano. É a sua fama. Sabemos bem o quanto não é verdadeira.

ESCREVO NA TERCEIRA PESSOA DO SINGULAR, ASSIM ME SINTO SEGURO, ESPERO NÃO MORRER LOGO.

Na minha infância, tudo acontecia no parque. Havia quatro tuias nos quatro cantos da clareira em forma de círculo, rodeada por uma trilha – veja, meu filho, a quadratura do círculo! As tuias eram árvores extraordinárias, não árvores quaisquer, mas criaturas vivas especiais, de uma ordem superior, que eu conhecia bem, e elas aceitavam com graça a minha admiração, velhas sábias que não exibiam o desgaste do tempo, esse embate enlouquecedor. Eu via nelas a vida, na excitação verde. Asseguro que conhecia cada galho, um por um.

A melhor tuia, a mais alta! Embaixo, sob os galhos grossos, eu me sentava num tapete de musgo macio, sedoso, de um verde que cegava: lá se podia imaginar tudo. Bom, bom, fresco e ardente. Eu só ouvia a voz da mamãezinha me chamando quando eu queria, e isso era uma alegria sem igual porque eu sentia um prazer malicioso em observar o rosto vermelho de ódio da moça francesa, de pé, à porta branca de duas folhas, na sacada semicircular, sapateando e acenando... Depois, cansada da espera, eu a vi!, ia caminhando devagar para trás, na direção do chiqueiro "modelo"... Meu querido pai logo a dispensou. "Pessoa frívola", disse uma vez, durante o jantar, para a minha mãe. Continuamos a comer em silêncio, e depois o meu pai, de novo, inesperadamente: "Mas que boa pronúncia ela tinha...". A sua avó ficou calada.

NA PARTIDA, AS VIDENTES SÓ FAZIAM PREVISÕES COM SERIEDADE PARA OS RAPAZES: O FUTURO DO POVO BRANCO TAMBÉM NÃO ERA MAIS QUE UMA BRINCADEIRA. SEM CHANCE, TUDO PRONTO ANTECIPADAMENTE: UM POUCO DE TROÇA, RISADAS, UM MINUTO DE INCONSCIÊNCIA, DEPOIS, PRIMEIRO, A EXPRESSÃO DO ROSTO ESTRANHA, CONTIDA, EM SEGUIDA, RECOMEÇAR DE IMEDIATO A MUDANÇA PARA OUTRO LUGAR, OS PRIMEIROS FILHOS, DEPOIS DA AZÁFAMA DA COZINHA, DURANTE ALGUM TEMPO, UM TANTO DE PRESENÇA, PARA COMEÇAR, QUEM PRESTA ATENÇÃO ÀS PALAVRAS DE UMA MULHER, ELA PRÓPRIA PRESTA CADA VEZ MAIS ATENÇÃO EM OUTRA COISA, FALA PARA SI, DEPOIS AS PERNAS MAL SE AGUENTAM, AS PERNAS TÊM VARIZES, SÓ MURMURA NO SONO, VEM O CÂNCER DE ÚTERO, E A MORTE CUMPRE O DESTINO. POIS AS ETAPAS DA BRINCADEIRA DE CRIANÇA TAMBÉM ERAM ESTAS, ASSIM BRINCAVAM MUITAS VEZES AS MENINAS DA REDONDEZA: PÁLIDA/ CANSADA/ ESTIRADA NA CAMA/ MUITO DOENTE/ ADORMECE.

Mamãezinha limpava frequentemente, com a saliva, rápido, o nariz e as orelhas dos filhos. Eu sempre recuava, o cheiro de saliva era desagradável.

Certa vez, andávamos pelas montanhas acompanhados, e ela quis sair da estrada para fazer as necessidades. Senti vergonha, chorei, então ela ficou.

A garrafa de licor de ovo no armário!

Batiam a manteiga e punham junto dela folhas frescas de morangueiro. Os ajudantes de ordens comiam conosco todos os domingos. Sei exatamente em que lugar do jardim aprendi o salmo XIII. Seu tio Miklós fazia Ferike Székesi tomar xixi como se fosse cerveja. Ganhamos um pônei. O ajudante de ordens austríaco tirou a pele crocante do porco assado e a devolveu para a empregada: "Bitte noch einmal braten" ("Por favor, frite novamente"). Na vez dele no esconde-esconde, Lajos Mondvai entrou na cama recém-arrumada com a bota cheia de merda. Passaram rum na gengiva do meu dente dolorido. "Agora vamos começar a sujeira", eu cochichei para o filho de seis anos da professora, no estábulo, mas fui apanhada em flagrante. Os dois fox terrier se chamavam Muki e Mocinha. O veadinho chamado Mici pôs o nariz para fora, Muki arrancou a metade dele, o veterinário o costurou de volta, papaizinho deu uma boa surra em Muki. Detestávamos café com nata, o enchíamos de açúcar, e o devolvíamos dizendo que estava doce. "Senhor ajudante de ordens, a escrivaninha ficou de fora *do inventário*!" "Vou soltar um peido, e o senhor poderá incluí-lo *no inventário*" (Uma escrivaninha americana típica! De primeira!) Os trabalhadores da lavoura tinham direito a toucinho salgado. Com aquele bigode, Guszti Bucsányi era um homem elegante. No inverno, patinávamos no Pikóta quando ele ficava bem congelado. Zsiga Papp era o mais veloz, suas calças, abaixo dos joelhos, tinham quatro ou cinco botões. Kornél Gunther, como um guardador de colheita, apostava que era capaz de comer dez quilos de melancia em duas horas. Ele ganhava a aposta porque se sentava em uma grande tina de água e durante duas horas comia e urinava. *Esse era o segredo*!

NA VERDADE, A PERGUNTA MAIS IMPORTANTE É INSOLÚVEL: O INCONCEBÍVEL UNIVERSO. SENTI INFINITA VENERAÇÃO, INFINITA PENA. "VOCÊ DEVE TER FICADO ZONZO DE TANTO XERETAR ONDE NÃO É CHAMADO", DISSE UMA VOZ DETESTADA E JOVIAL. "MESMO DANDO TRATOS À BOLA, VOCÊ NÃO ME PAGARÁ NUM SÉCULO ESTA REVELAÇÃO. QUE OBSERVATÓRIO FORMIDÁVEL, BORGES, MEU VELHO!"

Na capela de pedra, o costume mandava que na missa o pai-nosso fosse iniciado pelas crianças, ora uma, ora outra. Eu, por muito tempo, não pude ser quem iniciava a oração e, quando por fim chegou a minha vez, quase perdi o momento certo. "Lizi! Viterbo! O pai-nosso!", sussurravam de todos os lados, impacientes, na minha direção. No grande silêncio, gritei solenemente, voltada para o altar: "Pai-nosso!". A minha voz soou límpida e aguda, como um sino ou um canto. Meus pais trocaram olhares, orgulhosos. Mas, a caminho de casa (porque nós servíamos o café da manhã comunal de domingo, com a mesa posta no jardim, e sempre havia chocolate quente com bolo de passas), o capelão, corado, se aproximou de mim e, constrangido, como que se desculpando, disse: *"Com calma, Lizi"*. Pôs a mão na minha cabeça. *"Por favor, cuide-se."* Era um homem bom, mas eu não gostava do cheiro dele, da mistura adocicada de sabonete e suor.

Mas uma rainha cheira bem. Antes da batalha de Budaörs, Károly IV e Zita transavam em um vagão industrial diante do nosso jardim. "Longa vida à rainha menina", gritei. O ajudante de ordens Ostenburg me levou até Zita, que me tomou nos braços. Tanto faz.

<Bate bate a valsa campestre de má qualidade>

"DIZÍAMOS ASSIM: SE VOCÊ CAGAR EM UM ESGOTO, NÃO É NADA, MAS SE O ESGOTO CAGAR EM VOCÊ, NÃO VAI TER COMO SE LAVAR". TIA RÓZA BALANÇA A CABEÇA: "ISSO É VERDADE". SÃO ANEDOTAS, NATURALMENTE. MAS, NESSE ASPECTO, AS DEDUÇÕES CIENTÍFICAS SERIAM DA MESMA FORMA ANEDÓTICAS. TODA EXPRESSÃO É SUAVE DEMAIS.

Sob os meus passos, debaixo da tuia, surgiu uma câmara subterrânea secretamente secreta, degraus em ruína conduziam para dentro, mas em meio ao mofo, às manchas de ferrugem e aos detritos, abriam-se flores elegantes, gladíolos e orquídeas. Embaixo, formigava uma multidão de pessoas. Absorvi tudo muito devagar. Eu me parecia com os seguidores de Emaús. Não dava para saber se eu estava em uma noite de gala ou em uma fundição de ferro. Bebiam suco de sabugueiro em copos com brasões.

Receberam-me com simpatia, embora eu fosse muito grande. Durante a conversa, passamos a nos gostar muito. Nessa hora, senti pela primeira vez que eu também podia gostar de estranhos, e não apenas dos meus pais e dos meus irmãos. Disseram que eu poderia aparecer quando quisesse, que não precisava avisar ninguém. Bastaria bater os pés. Só que eu queria dividir a minha alegria com a minha mãe. Depois me calei, quando de noite ela riu, junto do meu pai, da "história confusa", "da Elzvita cheia de fantasia". Fugi correndo para debaixo da tuia para não ter de ouvir aquelas duas pessoas, e comecei a cavar o musgo verde brilhante com as unhas. "Vou cavar para você, vou cavar para você", soluçava, pensando no meu pai. (Enfatizo que isso *não* era um sonho, esse era o meu território!)

Creio que há uma guerra e tudo está cinza. O cinzento é matéria. O jardim está definhando, encolhendo, enegrece, como se estivesse queimado, depois começa a derreter-escorrer-pingar, como os *relógios* em um quadro de Dalí. De novo se contrai o tempo mesquinho. No lugar do jardim, deserto. A família toda precisa fugir: não está clara a razão. Tudo tem significado, o vento sopra, a areia se espalha, minha saia gruda nas coxas, carrego a mochila feito uma inválida, corcunda, sob a blusa a areia incomoda. É a minha primeira memória dos meus seios. *Chorando, tiro a areia dos bojos do sutiã, mas quando vou vesti-lo outra vez: não tenho seios! Não tenho sobre o que vesti-lo...*

Nesse momento, um balão de ar monstruoso com a imagem do meu irmão surgiu acima de mim. Ele ria, depois me atirava uma pera vermelha. Acenava, dava de ombros, alegre, e ia embora voando. Fiquei inteiramente só com a minha tristeza, que não havia muito eu chamava de meu lar. A pera tinha a forma dos meus seios.

QUE ESSA TUIA, POR SUA VEZ, SE DISSOLVA IMPERCEPTIVELMENTE NOS JARDINS DE VOSSA SENHORIA, COMO OS NOSSOS SUSPIROS NA IMENSIDÃO: TANTO NO ORIENTE QUANTO NO OCIDENTE.

Aos quatorze anos de idade, engordei; em compensação, eu esquiava bem. Gostava das calças grossas de flanela que no início raspavam as minhas coxas, às quais mais tarde me acostumei. Era como se a neve ardesse, estalasse, gemesse, igual a uma fogueira de acampamento. Miklóska, ande, vamos apagá-la! Ele não se mexeu e, com desprezo, disse: "Que arda nela o gendarme!". A frase parecia um ser vivo, de manhã eu ainda a procurava no quarto. A mangueira estava lindamente enrolada; mangueira de incêndio comum, as pequenas alças cravejadas de diamantes e pérolas verdadeiras. Tudo isso devia ser um engano, para desviar a atenção do fogo perigoso! E desviou mesmo.

Naquele tempo, eu ria de tudo, de mim, dos rapazes, das moças, da minha mãe, do meu pai, do nabo, do pilão de cobre, da sopa de galinha, da constelação do cocheiro, do meu irmão Miklós, do trem de carga na curva, da mão que devolvia o troco, de uma perna de calça, ou melhor, de todas as partes da calça, em especial da braguilha e da barra, da gagueira do carteiro, do carimbo torto. Tudo era irresistivelmente engraçado. Ria do mar, da madrugada, da noite, da teia de aranha prateada, dos espelhos, dos olhares, do cacho de uva, dos sutiãs, do câncer de mama, de um pedaço destruído da cerca, do mar Cáspio, da ossatura delicada de uma mão, das cartas mais sinceras, mais obscenas, encontradas numa gaveta da escrivaninha americana (e a escrita me fazia estremecer), em que meu pai se dirigia a uma dançarina da cidade de Debrecen, e dos vestígios horríveis dos meus parentes e da minha própria circulação sanguínea escura, ria do engenho amoroso e das transformações da morte.

Eu era impiedosa e tinha bom coração.

A superfície, porque o meu rosto cresceu, era feia!, e ficou irregular como um travesseirinho. Muitos não gostavam de mim porque eu deixava a todos nervosos. Mais tarde fiquei mais bonita, e esse foi o período em que fui mais atraente. (Eu não diria isso na época, por exemplo...)

DURANTE O ALMOÇO, ELE VIU A MÃE ENGASGAR E DEVOLVER UM PEDAÇO DE PÃO MASTIGADO. ELA O EMBRULHOU, ESCONDIDO NA PALMA DA MÃO, EM UM GUARDANAPO. "OBRIGADA", DISSE, IRRITADA, AO FINAL DO ALMOÇO, "E, POR FAVOR, NÃO SE SACRIFIQUE TANTO." "VOCÊ É INJUSTA", DISSE A MULHER COM UMA DOÇURA INESPERADA. DEPOIS: "NUNCA PENSEI, MEU FILHO, QUE UM DIA FALARIA COM VOCÊ SOBRE ESSE TIPO DE COISA. NÃO É SAUDÁVEL SER A MÃE DE UM ADULTO. É SORTE QUE VOCÊ SEJA HOMEM, OU MELHOR, QUE EU SEJA UMA MULHER. NÃO DEVE SER FÁCIL PARA O SEU PAI".

As tuias, arrancadas pela raiz, como molares, as cercas destruídas, os canis derrubados, as moscas penetrando na ferida funda, lilás, do veadinho Mici, os cavalos soltos. Anna urrava com os estranhos. Eu escrevia as cartas de amor para ela. “Entre as rosas, para Annuska Máli em flor”, escrevera o cavalheiro, e eu respondi, se... se permitiria a Miklóska que ele deitasse a seu lado, ou, mais exatamente, que ele *escondesse* a cabeça entre os seus seios.

Como se fossem animais perdidos, sem dono, ele afugentou os caminhões militares de rodas imensas. Um deles bateu na parede da casa, o motorista saltou para fora no ato, embora no mesmo momento tenha começado a se encolher; o ar parecia escapar de dentro dele. Desapareceu na grama!

Na hora, comecei a procurá-lo, porque era um rapaz atraente, por exemplo, seu bigode era igual ao do querido Mihalkov. Porém, imediatamente, uma réplica reduzida da mocinha libertina francesa caiu em minhas mãos, “Mademoiselle Beatriz, a senhora é *peituda*”, sussurrou com desprezo a erva daninha. (O que devia ser verdade, porque as crianças da aldeia gritavam Lizi peituda, mas eu senti vergonha por pouco tempo.) Me cansei e a esfarelei entre meus dedos, ekskuzê moá! <Estudos para pianola!!!>

Passeava por um castelo bonito. Flanava. Ainda era gordinha, só que não chorava mais o tempo todo, gostava de me vestir como um rapaz, andar a cavalo e patinar. Eu tinha um casaco de pele da Transilvânia, como uma pluma. Desde que não o tenho mais, sempre sinto frio no inverno.

Observava os salões brilhantes cheios de espelhos, as travessas de faiança, as lareiras de Sèvres, as tramas inventivas dos pisos. Nos salões que se abriam uns para os outros, corria o Danúbio. Devia ter um metro de largura. Estendia-se da Floresta Negra ao Mar Negro. No firmamento se enfileiravam afrescos. Eu estava parada em Csallóköz, onde descarregara bambus. Lá, o firmamento era azul claro, como os olhos do seu amigo. Também por isso decidi que organizaria uma exposição beneficente de pássaros nesse castelo – o que é compreensível, pois aqui corre o Danúbio!

"Barbitum, barbitórium!", urrando isso, despertei assustada. Os meus cabelos estavam grudados de suor. Porém, ninguém era capaz de dizer o que era aquilo. Estava sentada no topo de um grande penhasco majestoso de montanha, à minha frente o mar infinito, acima de mim haviam posto uma jaula da vergonha (como se vê em Löcse!), e eu, horrorizada, gritava: "Barbitum, barbitórium!". Tinha voz de homem.

Um rapaz me abraçou, eu batia nos ombros dele. Exalava um suor concentrado, mas eu não queria nem tive coragem de avisá-lo. Não conseguia nem decidir se o cheiro era um problema. Depois, quando ele me beijou, descobri que também tinha mau hálito; foi a gota d'água.

Antes, entretanto, perambulamos bastante na multidão. O alto-falante comunicou, "comunico-lhes!", que podíamos ver a história da Hungria, "as páginas tão nobres e banhadas em lágrimas de nossa pátria" – *à frente* o cerco de Eger, *à esquerda* a derrota de Mohács, *ao sul* a invasão dos cumanianos e a revolta dos pechenegues, *à direita* a grande ofensiva de Gengis Khan. Por fim, o rapaz se calou, me atraiu para uma pequena praça onde começamos a *dançar rock*.

Muito inesperadamente as árvores e os arbustos começaram a fazer xixi! O sol brilhava no firmamento, um esplendor dourado inundava o terreno, faíscas, beleza, cores – e um cheiro nauseante de urina!

Eu estava de novo jovem. Com os meus irmãos, eu me preparava para a noite, quando mamãezinha veio, e, chorando, *nos deu a notícia*: "a minha mãe se foi". Aí, ficamos contrariados porque ainda havia muito para se fazer em relação às roupas, e a vovó, por sua vez, havia anos estava fraca, era "alguém" com arteriosclerose. Mamãe notou a nossa irritação, os belos olhos castanhos se abriram do tamanho de maçãs e saltaram do lugar. Esvoaçaram pela casa e lacrimejaram.

A despeito de tudo, o meu traje era o mais elegante. Dancei e fui arrogante. "Nas mãos de quem está o seu destino?", perguntei, agressiva, a um lindo jovem. Ele sorriu. "Nas minhas; mas as minhas mãos estão nas de Deus", e apertou o meu rosto entre suas palmas febris. Uma orquestra tocava. Os rapazes estavam enlouquecidos, escondiam espigas de milho nas calças, não pude deixar de dançar com o meu irmão Bandi, seu terno branco exalava cheiro de fumo fino, mas ele também quis me cortejar e, por isso, fugi. Lá fora, Guszti Kelemen já me esperava com um *bote*, mas nele estava o seu pai, não dava para saber se ria ou se chorava, apenas que ria ou chorava. Guszti tinha muitos rublos. Um rublo é do tamanho de uma toalha maiorzinha. Guszti acenou em segredo para que não disséssemos nada sobre o dinheiro para o seu pai. Em uma loja, em uma barca flutuante, ele me comprou uma carteira de couro vermelha-feia vermelha-dourada. Nessa hora, seu pai se virou, eu era jovem, e ele, como agora, lindamente bonito, e, calmo, disse: "Que nada, minha Lizi, o que você quer com esse Guszti... Ele não tem gosto... *Aquilo é couro artificial*!".

Do resto me esqueci, porque amanhã vou ao hospital fazer uma arteriografia.

QUEM GARANTE A SEGURANÇA DO BOTE?

Entrei numa biblioteca do tamanho da que existe em Zirc, e lá, em uma cadeira gótica espanhola de espaldar alto, estava o *barão Uzuzor*, nos costumeiros calça e colete de montaria azuis, gastos e brilhantes. Procurou me agradar com livros, "cara Elena Viterbo, estes são simplesmente imprescindíveis para a sua evolução intelectual", sempre implorava para que eu olhasse para ele, para que olhasse em seus olhos, e eu tinha prazer em olhar em seus olhos, "cara Beatriz Elena, este é *extraordinário*, nos seus olhos reside, neles se aloja o infinito, essa selva real, a senhora será capaz de tudo, verá, sua vida toda será jubilosa, minha pequena, agora, ainda não sabe de muita coisa, vejo também que sua confiança deriva disso, mas ainda assim!, a senhora, Beatriz, minha pequena, é um ser livre, maravilhoso... a senhora ainda... a senhora *brilha*!, sedutora, ousada", e começou a soluçar, "oh, senhora Viterbo, como gostaria de ter duas, ao menos duas vidas, porque assim eu poderia dedicar uma delas à senhora, seria seu, porque não é assim, não sou seu e a senhora não é minha, está bem, não, não a quero assustar, com uma das minhas vidas estaria sempre junto da senhora apenas... aprenderia consigo, de suas células, fitaria seus olhos e cabelos... sei eu, senhora Viterbo, que não espera nada da vida, *eu* espero alguma coisa, a senhora... mas a senhora não... nenhum bem... porque a senhora, a senhora é a vida!" Então, de súbito, desapareceram as estantes de cerejeira brilhantes e maciças,

NÃO É VERDADE QUE A ESCRITA ME AJUDOU. EU ME OCUPEI DA HISTÓRIA DURANTE SEMANAS, MAS ENQUANTO ISSO A HISTÓRIA TAMBÉM ME OCUPOU ININTERRUPTAMENTE. A ESCRITA NÃO RESULTOU NO QUE EU ESPERAVA NO INÍCIO, NÃO NA LEMBRANÇA DE UMA ÉPOCA ENCERRADA DA VIDA, E SIM APENAS EM UM INTERMINÁVEL ESTADO DE RECORDAÇÃO NA FORMA DE FRASES QUE PARECIAM CONSERVAR UMA PERSPECTIVA. AINDA HOJE, DE NOITE, ACORDO ASSUSTADO, ÀS VEZES, COMO SE ALGO SURGISSE DE DENTRO COM MUITA DELICADEZA, ME DESPERTASSE, E EU, NO MEU HORROR, COM A RESPIRAÇÃO INTERROMPIDA, EXPERIMENTO COMO, DE UM INSTANTE PARA O OUTRO, APODRECER VIVO. NA ESCURIDÃO, O AR NÃO SE MOVE.

e os livros, ameaçadores, se ergueram amontoados junto da parede, feito tijolos quebrados cheios de reboco.

(Como em certa ocasião com o meu velho amigo, tio Elemér Géczi. "O mundo evoluiu graças aos livros?", ele se perguntou tal qual orador, e logo respondeu, apontando para a pilha de livros: "Nem um pouco". "Tio Elemér, vamos pôr as coisas em ordem!" "Por tão pouco tempo, Lizinha, não vale a pena." Foi o que ele disse durante vinte anos. Morreu em 45, morreu de fome, igual a Dezső Szabó. A filha dele você conhece. Uma mulher de cabelos pretos, com um coque. Uma puta, eu diria. Meu Deus, ela tentou tanto com o seu pai! Por alguma razão incompreensível, ele não a quis. "Lizinha, por mais idiota que eu seja, nunca a traí." Havia também uma razão verdadeira. S. estava apaixonada por mim, só que teria se contentado com o seu pai.)

Na biblioteca o pó se espalhava, estávamos entre livros estragados até os joelhos. Nessa hora, entrou uma mulher inacreditavelmente feia e avisou que o almoço estava pronto. Quando me viu, ela começou a puxar o barão com força. "Seu burro! Me pegue, me abrace, me domine... De que mais você precisa? Me sorva até o fim, como um cigarro, me aperte, me rasgue! Comporte-se feito homem!... Você é ridículo."

O barão Uzuzor, mal se contendo, expulsou a velha de boca suja do quarto, enquanto gritava furioso: "Isso é um *seio* para a senhora?! Isso? Isso não é um seio, por favor, mas um salsichão". Ainda ouço a voz rouca, nervosa e irritada, isso não é seio, *mas* um salsichão!

PARECE QUE TODOS OS OBJETOS PERDERAM O EQUILÍBRIO E A FIRMEZA. AINDA OSCILAM POR ALGUM TEMPO, SEM FAZER RUÍDO, PERDENDO O CENTRO DE GRAVIDADE, E LOGO TOMBAM, DESPENCAM SOBRE MIM, ME ASFIXIAM. NESSAS TORMENTAS DO MEDO, FICAMOS PARALISADOS, SEMELHANTES À CARCAÇA QUE APODRECE, E AS COISAS SE PASSAM DIFERENTES DE QUANDO NOS VANGLORIAMOS, INDIFERENTES, E OS SENTIMENTOS SE EXPRESSAM LIVREMENTE: O HORROR INDIFERENTE, OBJETIVO, NOS ATROPELA, SEM CLEMÊNCIA.

Casei-me com Guszti Kelemen. Seu pai ficou só olhando. Estava ofendido até o fundo da alma. Eu sentia que havia tomado a decisão certa. O verão ardia no asfalto amolecido, como sobre um tapete escarlate, desci a pé até o Danúbio. A pedra "saltava" na superfície, porém, não ricocheteava mais de treze vezes, alguma coisa sempre a engolia. Fui atrás dela e tirei da água uma enorme cobra verde.

Eu arrastava pela rua o véu de noiva horrendo e peludo, que ia se afundando no asfalto. "Lizi, noivinha, o que deseja?", gritou o açougueiro. Os motoristas de ônibus desviavam de mim como se eu fosse uma santa. Eu não sabia se a mordida dela era venenosa! Por fim, levei a cobra para a cozinha, cortei sua cabeça, fatiei em pedaços redondos e os fritei. "Grelhado à *Wellington*!, esse nem o próprio Wellington comeu!" Isso eu sabia bem, o quanto ele não tinha comido. Sempre me esqueço de como se diz *origano* em húngaro.

Eu andava na Capela Sistina, que estava cheia de andaimes, latas de reboco, garrafas de cerveja KINIZSI vazias, como se o pedreiro Csibi estivesse fazendo uma parede, e me dependurei no firmamento e lá me deitei, igual a Michelangelo, quando pintava. Peguei a mão estendida do Senhor, *tudo* estava muito perto. Pensava que não poderia acontecer mais nada. Desci depressa e entrei correndo no Vaticano. Padres de cintas lilases abriam as portas de folhas brancas para mim, curvando-se profunda e respeitosamente, como se eu fosse Miklós Szentkuthy nu. Ouvi meu nome ecoando de todos os lados, Beatriz, Beatriz Elena, Beatriz Elena Viterbo, querida Beatriz...

Enfim, eu me ajoelhei diante do Santo Pai e, ofegante pela correria, lhe pedi um chocolate. "Meu Santo Pai!" Com amendoim. É preciso que se saiba que o meu pai era calvinista, mamãezinha, por sua vez, católica, portanto, eu tinha direito ao amendoim. Registro que estive também no enterro de Paulo VI, com um penico de faiança na cabeça e um manto marrom. Depois participei da escolha do papa seguinte...

É TEMPO DE PÔR UM FREIO NA MINHA INSPIRAÇÃO E, POR UM INSTANTE, ME DETER EM MEU CAMINHO, COMO QUANDO CONTEMPLAMOS A VAGINA DE UMA MULHER; CONVÉM OLHAR PARA TRÁS, PARA O CAMINHO PERCORRIDO E, COM OS MEMBROS DESCANSADOS, SE ERGUER E SE ENTREGAR DESENFREADAMENTE.

O seu pai passava noites inteiras com os meus pais, falando mal de Guszti Kelemen. Embora talvez ele estivesse morto. Mais tarde, escreveram que ele pegara disenteria no Don e tal. Vivemos três semanas juntos, foi o suficiente. Ele foi o primeiro homem da minha vida. Não posso esquecer... O seu pai é meu marido... Mas eu penso trêmula no homem a quem entreguei a minha virgindade.

Conversavam na sala de jantar, entre os pratos sujos. Toda espécie de sobras! Eu os afastei, estava usando meias e um avental preto de cetim com bolsos grandes, em que eu guardava uma chave mestra. Uma ferramenta de primeira. Eu não era uma criança fácil. Junto da cozinha, a despensa não era um cubículo, e sim um grande *quarto*, um quarto de víveres!, onde se ocultava toda espécie de maravilha de comer. Arrombei a entrada com a minha chave mestra, embrulhei os doces, ainda grudentos, envolvidos em cobertura de chocolate, em um papel de seda. Enfiei a mão no pote de uva passa, um pote grande de nogueira, com alças, peguei um punhado, e ataquei os doces! Não tive vergonha de esconder um salame inteiro debaixo da minha saia. Corri para a cerca onde me esperavam os meus pequenos camponeses! Escute, meu filho, um momento socialista! (Podemos incluí-lo no inventário...) Distribuí as preciosidades, eles se alegraram, e me trouxeram um bom pão preto com que eu me alegrei.

Atrás da janela ainda insultavam a minha vida. O seu pai se dava muito bem com os meus pais, era um simpático rapaz caseiro, mostrava-se educado, prestativo e espirituoso. O seu pai era elegante como a Abbazia. A minha mãe vestia uma roupa bege, cazaque. Na barra havia uma franja marrom clara – disso tenho certeza.

TENHA EM MENTE QUE VOCÊ É FILHO DE UM AMOR.

ORA. QUEM NÃO É?

Éramos jovens. Ou melhor, apenas pela minha idade, porque eu já era esposa do seu pai. Muito bem. E eu torturava demais o coitado. Às vezes, desaparecia durante dias. A música parava, e nós, as moças, saíamos para o jardim para tomar ar e para que os rapazes nos dessem sossego, para discutir os nossos feitos, as consequências das traições e das derrotas, mas de súbito nos vimos no quintal imundo de um imóvel de aluguel, cercado por aqueles corredores característicos, como em um retrato social obrigatório dos anos 30. Eu passeava em redor de uma sumaque com Ágnes Záhy, quando de repente Blanka gritou para nós do alto, meu Deus como ela era jovem e atraente, elegante e altiva, parecia uma carroceira, atirando lá de cima as expressões mais sujas. Quando terminou, desapareceu; Ágnes, por sua vez, se postou à minha frente e começou a tirar as flores cor-de-rosa da roupa de baile e as jogou em mim. Pois ainda no salão de baile eu lhe havia dito que o enfeite florido não combinava nem com ela nem com a noite.

À medida que tirava as flores, elas se tornavam verdadeiras, e eu me vi estendida em uma mata de flores perfumadas. O seu pai me ajudou a ir para casa, cuidou de mim com delicadeza, não teve uma palavra desagradável, e nem pensou em nada desagradável – e por isso eu gostava muito dele. (A despeito da minha permissão para ser tratada por você, os cavalos me tratavam consistentemente por você. (?))

Tia Vali Dienes era prima da minha avó, e, no começo dos meus tempos de ginásio, eu estudava dança com ela, no meu sonho ela aparecia na porta e, com sua voz bela e grave, me chamava para que tirássemos o patê de fígado da geladeira porque havia *envelhecido* e deveríamos dá-lo para o cachorro. "Lizinha, tome cuidado", dizia também, "o patê de fígado não é brinquedo." De manhã, mesmo sem notar nada suspeito, avisei o seu pai para que jogasse fora o patê de fígado. Ele primeiro passou no pão para si (típico! Tinha pena de jogar *tudo* no lixo) e, resmungando (ele resmungava!), levou a embalagem para fora.

Tia Vali usava um longo véu preto, hábito que tinha também em vida, enrolava-se em alguns metros de tecido. Morreu aos 99 anos de idade. Acho que foi aluna de Bergson. Pena, meu filho, que você não a tenha conhecido.

DECIDI VIVER EM LIBERDADE, COMO OS HOMENS, INDEPENDENTE, FIRME, NO VENTO, MAS DE MODO A NÃO DAR MUITA IMPORTÂNCIA A ISSO, ACEITAREI TODOS OS PRESENTES, DELICADEZAS OU BRINCADEIRAS DE MAU GOSTO DA VIDA COMO SE OS MERECESSE. SOU UMA DAMA, PROTAGONISTA DA MINHA VIDA, ASSIM DECIDI.

O seu pai sempre foi muito gentil com os empregados. Ele podia. Em lugares estranhos, eu era muito mais orgulhosa. "Fräulein Käthe! Cuidado para não se molhar!" "Não faz mal, patrãozinho, o excesso acaba escorrendo pelos lados." Chovia torrencialmente, os cavalos estavam imóveis, resignados. Na fazenda, o seu pai pôs a mão dele sobre a minha, eu não queria causar confusão e, quando ninguém estava olhando, dei um beliscão na batata da perna dele. Mas ele apenas riu. "A senhora fica assobiando aqui como uma camponesa. A senhora é uma mulher incrível." Foi há muito tempo.

De manhã, saí para o jardim. Um grande retângulo verde. O sol brilhava, a grama estava encharcada. Eu estava deitada na rede, no gancho havia feltro; para proteger a madeira. Banho de primavera. *Frühlingsbad*.

Em roupas fechadas, porém, de saias rodadas, moças jovens se aproximam do meu leito oscilante, "Moça", sorriem constrangidas, "nos grandes caldeirões da lavanderia, a água já está fervendo, a tina, mocinha, nós limpamos, limpamos, as tiras que sustentam a tábua arqueada são do tamanho da cintura da patroa, o vapor enterrou as janelas minúsculas da lavanderia, cara mocinha, o *Frühlingsbad* está pronto, à sua espera." Viro a cabeça de lado, o sol é uma grande esfera, o retângulo é uma grande extensão verde.

Eu o avisto no terraço. O pijama entreaberto deixa entrar o brilho do sol. Esse jogo dos homens é bem conhecido, eu ao menos o conheço. Está imóvel, preguiçoso e mole como eu. Muito desagradável. Grito com ele. O sol ardente – vejo! vejo! – fez com que ele recuperasse a confiança, quase imperceptivelmente deu de ombros. Um tremor percorreu o pijama.

"Beatriz, querida, você conhece a catedral de Aachen? Vou lhe dizer. A catedral de Aachen é como um coelho; aproxime-se com muito cuidado e de coração leve, pois do contrário ela foge!" Ele chamava a isso de humor. "Seu afago hoje foi muito falso, minha vida, senti muita pena de você por ele."

ENQUANTO ESCREVIA A HISTÓRIA, SENTIA COM FREQUÊNCIA QUE CORRESPONDERIA MELHOR AOS ACONTECIMENTOS SE OS PUSESSE EM UMA PARTITURA. SWEET NEW ENGLAND...

Andei por Budapeste em roupas de homem. E de noite, ainda por cima. Estava cansada e feia. Não encontrei ninguém. A cidade estava vazia. Avistei um soldado. Sim, finalmente, esta é a *aventura!*, pensei, aqui está a aventura, e eu vou encará-la de uma vez. O jovem estava com sono e cansado, mas eu vi que o agradava muito. Ele disse que me mostraria a cidade. E me levou pela imensidão de pedra, me arrastou, mas apenas para visitar os monumentos aos heróis. Todos eles! A noite toda. *Sei de cor todos os monumentos!*

Na zona imprecisa entre a noite e a madrugada, o soldado disse, vamos urinar juntos. O exército e a micturação são inseparáveis. É tarde, pensei, não consigo mais seduzi-lo, sou *como um broto de papoula desfeito.* E também sonhei com a comparação.

"Agora vou levá-la para algum lugar", disse o rapaz, solene. Chegamos a um antro completamente decaído. Só havia soldados, nem putas havia. "Convido-a", continuou, emocionado; pediu limonada, limonada cor-de-rosa (!) e ovos cozidos.

Nessa hora, o véu caiu dos meus olhos, vi que o seu pai implorava para que eu não arranjasse confusão, lançava olhares de enfado na direção dos "oficiais da república democrática". "Beatriz, minha vida, vamos embora daqui."

"Os ovos eu vou comer, ainda que você morra."

Depois emagreci, só por diversão, porque sempre carrego alguns quilos assim ditos supérfluos, mas eu gosto disso, na verdade, porque sei que gostam deles, são desejados. Fiz sauna e ginástica durante dez dias, e comi cinco ou seis ovos cozidos por dia... Depois, senti muito orgulho pelas calças largas.

Em seguida, me dei conta de que, no íntimo, eu encorajava os homens a notarem a minha beleza, a não recearem alisar o meu rosto, de onde desapareceram as bolsas, embora restassem os "ombros de rainha", sem que tivesse de silenciar, culpada, sobre a viscosidade das costas, e, assim por diante, me negociava no íntimo e subia cada vez mais o meu preço...

AQUI, TODOS, TAMBÉM EU, SÃO ASSUSTADORAMENTE NORMAIS.

Vou lhe contar uma história, está na hora. Certa vez, o seu pai costurou longas asas de corvo. "O que você está aprontando?", perguntei escandalizada. "Costurei longas asas de corvo." "Olhe aqui, meu bem, se você fizer asas de corvo mais uma vez, vou apostar tudo." Depois descemos às pressas para o bonde 4 para não nos atrasarmos para a meia hora da rádio Povo Livre. Era uma vez, e mais uma vez, outra vez.

Eu, meu filho, não tenho esses sentimentos, só me ocorrem palavras humilhantes. Mas, no que diz respeito às palavras, é assim. "Lizinha, por que a senhora confia tanto nas palavras?", perguntou o seu pai. "No que devo confiar, bobinho, no senhor?!" "Deus me livre!"

Antes, fazíamos muitos piqueniques, eu levava, no braço, a cesta trançada com todo tipo de coisa, ele, por sua vez, levava uma garrafa de vinho, "um vinhozinho leve de verão", balançava a garrafa, como uma espécie de boneca. Subíamos as montanhas. Eu também acho inacreditável não ter feito amor com ele naquela época.

Mais tarde, durante uma briga noturna desgraçada – o seu pai, bêbado feito um gambá, subiu em cima de mim, eu não o espantei (como a um verme; verme – talvez porque a barriga que ele apertou contra a minha fosse branca e fria), senti medo, éramos ruins de briga, muito rápidos, e eu senti pena, senti uma pena nauseante de nós, me abri paralisada – ajude, meu santo!, arfava, fechei os olhos para não ver o rosto dele, mas por trás das pálpebras fechadas via e sentia tudo. "Não, não você, seu maldito!" Mas na mesma noite, ele ficou sóbrio (meio), o coitado. E começou a contar (!) o quanto ele me desejara lá na mata, e que eu havia me esquivado porque não fora capaz de assimilar as energias secretas que vibravam, não é de admirar, portanto, que naquela hora ele ficasse *impotente*... O imbecil! Se soubesse como eu chegara em casa do piquenique, devagar e cheia de orvalho, e me esgueirara junto da minha mãe... e, não importa, se soubesse quanto eu o amava, quando o amava.

"O SENHOR GOSTA DE MIM, OU ESTÁ JOGANDO UM JOGO SUJO?", GRITEI. LÁ ESTÁ A CAMA DO MEU PAI. E AQUELE ALI É O MEU PAI. POSE DE ASA COSTURADA. DIGNA DE RESPEITO, COMO O ALCE ORELHUDO DE ANTIGAMENTE, AS MESMAS ORELHAS GRANDES. ILUMINA-SE UM PEQUENO SORRISO. GRACEJA COMIGO. LEMBRO, UMA VEZ FOMOS CAÇAR NOS AGRESTES SELVAGENS DO OCIDENTE (LONGE, ALÉM DO ANTRO DE ABUTRES)... FOI BEM ENTEDIANTE ATIRAR NOS ARBUSTOS DE ALGAROBA, ASSIM, NOS AGACHAMOS ATRÁS DE UMAS ROCHAS, ELE SE AGACHOU ATRÁS DAS ROCHAS DELE, EU ME AGACHEI ATRÁS DOS MEUS ROCHEDOS, E COMEÇAMOS A ATIRAR UM NO OUTRO. FOI INTERESSANTE.

Já estava velha como agora, quando desviei um avião. Não interessa para onde. Pedi ao comandante bonitão para que me salvasse das autoridades e para que não falássemos mais nisso. A imprensa ficou calada, um túmulo, pode conferir, meu filho.

Um quadro de Rembrandt: Ganimedes entre as garras da águia. De noite, voei alto e vi que o menino despido urinava. Eu me juntei a ele, e aí a águia arranhou o meu braço. Tinha olhos enfurecidos. Nisso, eu despenquei, e Ganimedes acenou para mim...

Eu não anseio pelo mundo do além. Quero dizer, em princípio. Penso que nem Deus espera isso de nós. Não o quero incomodar, não escrevo: o seu Deus. Eu não tenho nenhum problema com Deus, não o odeio por não existir.

Às vezes, me esqueço que estou viva. Sento-me entre os travesseiros empilhados e converso com Deus. Ele se parece com *Vilire Tátray*, sem o violino. Mas, quando estou sentada sobre a banqueta baixa, e debaixo da cama os montes de poeira mal rolam entre as frestas do assoalho, ele sempre me ocorre – e nessas horas sinto também que estou viva. Pois então. Quero ainda que você saiba que escorreu sangue do meu nariz, no jardim. Encostei a cadeira no monte de areia, foi lá. A areia ficou toda preta de sangue, deixei a cabeça pendente, o sangue pingava, não tive coragem de me curvar para trás, conforme se prescreve, porque receava me afogar, como o nosso rei Átila. O gesto com que toquei o nariz, depois, para raspar as placas de sangue grudadas, foi muito *estranho* para mim – tremia! Tremia.

Me alegra, em especial, dormir sozinha. Deito-me sozinha na cama dura, ponho a mão debaixo da nuca, e penso em você, meu filhinho.

SE FOSSE POSSÍVEL ESCOLHER QUEM DEVERIA RESSUSCITAR, VOCÊ ACHA QUE SERIA JESUS?

Na noite da véspera do seu enterro, meu filho, chegarei de muito longe. Estarei cansada, a minha blusa vai estar empapada de suor. Vou tentar tomar um banho. Vou tirar o pó cinza da estrada. Não terei roupas limpas, a minha irmã vai me ajudar. Irrita-me a roupa dela me cair bem, vejo nos olhos dela que estou bonita, e isso me alegra.

Vou abraçá-la, ela vai se surpreender.

"Coma, Lizinha", ela dirá, e, em sua mão pérfida, estará a travessa de bolinhos. Seus bolinhos são famosos. Eu a desprezo porque ela usa uma balança para cozinhar. Compenso. Vou explodir de choro pela primeira vez. "Coma, Lizinha, isso vai acalmá-la"; nisso, as minhas mãos se contraem com câimbras, a torta geme entre meus dedos, "por Deus, eu não quero me acalmar, por que teria de me acalmar", e caio no choro. A minha irmã, imbecil, bonita, me *acalma* com um abraço, ao que, naturalmente, ainda soluçando, começo a rir.

Bamboleantes, girando, apoiadas uma na outra, dançamos desenhando um arco pelo quarto, o bolinho de queijo vai cair da bandeja de prata. Kipp-kopp. O seu tio, como um amante de ofício, o recolhe do chão.

Vou chorar pela segunda vez, quando apagarem o seu nome com uma esponja da placa do velório: você não será mais o *próximo*.

VOU SUMIR COM TODOS OS INDÍCIOS, VOU ACERTAR AS CONTAS. OS ANÚNCIOS FÚNEBRES ENVIADOS, UM A UM, ORA COM FORÇA, ORA COM ASTÚCIA, EU VOU JUNTÁ-LOS E DESTRUÍ-LOS. FAREI O MESMO COM O NÚMERO DO MAGYAR NEMZET QUE CONTÉM A PEQUENA NOTA A RESPEITO. DA LÁPIDE, GRAÇAS A UM TRABALHO LENTO E DIFÍCIL, EU RASPAREI AS INSCRIÇÕES, EM SEGUIDA, O NOME DA MINHA MÃE, OS DOIS NÚMEROS E, POR FIM, A CRUZ. E ME COMPROMETO PROFUNDAMENTE A NÃO MAIS PECAR.

Como vai ser o seu enterro, meu filho? Vou descrevê-lo: você vai ter um enterro militar solene, rapazes elegantes vão formar um cordão, no pescoço de todos eles haverá um corte minúsculo, delicado, do qual borbulhará sangue preto, espesso. Tanto faz. Vão mentir alguma coisa sobre a pátria, o de sempre. A TV transmitirá em cores, na hora dos punhados de terra, eu tirarei o som.

Descrevo: no seu enterro, meu filho, soldados de primeira, de alta patente, de inteligência superior, vão falar. Seus modos serão gentis, todos iluminarão alguma coisa das profundezas trágicas, ao menos uma gota! Todos terão olhos de vidro, globos de vidro lindamente bonitos. Einstand. Tanto faz. Vão contar uma mentira banal sobre a pátria, nós, de nossa parte, vamos nos emocionar de verdade.

Descrevo: para o seu enterro, meu filho, as mulheres virão em linhos ensanguentados. "Ele chegou", vão sussurrar nos ouvidos umas das outras, diante de você vão fechar os olhos, "não tenha raiva de mim, meu senhor, estou menstruada." Todas vão te beijar na boca, as putas. Tenho nojo da visão do seu rosto, vejo que a sua língua está azul. Não é possível!

Descrevo: você é enjoativo, meu filho, odioso, estranho, imenso. Como vou viver sem você? Por que você se intromete na minha vida? Tanto faz. Minhas palavras recaem sobre mim como os punhados de terra sobre você. Meus olhos, minha boca.

Descrevo: no seu enterro, meu filho, reflexiva eu esperarei até que os coveiros façam uma elevação benfeita, em seguida, com o coração pesado e uma inabilidade grotesca, eu cairei para a frente, feito um palhaço, de cara na lama. Através das pálpebras semicerradas, verei a careta de desaprovação da minha irmã ao limpar o meu rosto, estarei deitada entre as fitas, as muitas fitas de seda se enrolarão em mim com facilidade, os imbecis terão deixado debaixo de mim uma espécie de coroa de arame, ela pressionará a minha cintura, vou ficar lá deitada, meu filho, estendida junto de você, sua mãe desmaiada, com um beijo enlameado... Terei dificuldade para respirar. Aos poucos, eu também acreditarei na minha brincadeira de mau gosto. Na minha irmã, verei que ela sabe tudo.

Descrevo: no seu enterro, meu filho, vou arrumar uma confusão. Vou interromper as pazadas, e num tom calmo, vou pedir que pesem os punhados de terra. “Em gramas!”, direi, sem tolerar que me contradigam no silêncio. A minha irmã tirará da bolsa uma balança de farmácia brilhante de cobre. “É claro”, direi com desdém. A minha irmã estará bonita e sorrirá. “Os pesos não estão comigo.” “Com quem estão os pesos?”, perguntarei, de repente, atemorizada e severa. Todos os que estiverem de luto, meu filho, confabularão aos sussurros.

Descrevo: no seu enterro, meu filho, receberei as manifestações de pesar. Quando Blanka chegar diante de mim, eu a abraçarei. O luto fez o rosto dela ficar feio, a testa se estreitou, *tudo ficou desproporcional*, <tudo se tornou insignificante>, seus olhos se aproximavam desinteligentes um do outro sem que a graça da vesgueira resolvesse. Ficamos imóveis assim durante muito tempo, trêmulas. Ao abrir os olhos, verei os coveiros em um monte sepulcral distante, alguns, deitados, beliscam aperitivos, “Lajoszinho, eu tenho cebolinha”, ouço. Serei grata, tanto faz.

Descrevo: no seu enterro, meu filho, gostaria de estar bonita. Bonita! Mais para a frente, gostaria de ser uma mulher atraente, frágil, que o luto maltratou, mas não destruiu, e forte apenas o bastante para que não cochichem às minhas costas “mulher forte”, e sim “mulher bonita”. De manhã, de sutiã, diante do espelho, treino os apertos de mão. Devo dizer obrigada, ou o que me vier à boca, não? “Meu profundo pesar.” “Sim.” Portanto, estarei bonita. O mero *preto* vai me tornar desejável. Vou pensar, *eu sou a terra*, os homens vão entrar em mim, os vermes. Tanto faz, eu não detesto ninguém. “Componha-se, querida”, dirá, não muito baixo, a minha irmã.

Descrevo: vai haver um momento em que não terei coragem de olhar para Blanka; vou abraçá-la com força, minhas coxas buscarão se acomodar desajeitadas, em meio às lágrimas, verei os coveiros beliscando aperitivos. Blanka vai me apertar, “Estou viva”, cochicharei para ela, “estou viva, não é mesmo?”, o lóbulo da orelha dela é furado, “Está bem, querida, está bem, não pode haver nada pior”, ela dirá, “Estou viva, não é?”, repetirei vermelha, triunfante.

Desejaria ter menos consciência de mim, meu filho. Junto de seu túmulo, eu deveria ficar com as pernas bambas, feito um animal, e não deveria pensar em frases. Junto de seu túmulo, junto de seu túmulo, eu deveria estar como você.

Descrevo: no seu enterro, meu filho, não vou conseguir tirar o meu olhar velho do seu rosto. Entre mãe e filho não existe amizade. O filho logo reconhece por trás da amiga a espiã à espreita, e atrás da espiã, a mulher ciumenta. Por você, meu filho, poderíamos ter sido amigos... Peço a seu Deus que o ressuscite. Vou propor acordos vantajosos. Veja, meu Senhor, vou começar, esperta.

Descrevo: no seu enterro, meu filho, vão estender a bandeira húngara sobre o seu caixão. Vermelha! Branca! Verde! Tanto faz, vão contar alguma mentira sobre a pátria. Ouvirei a sua voz, "Os pesos estão no meu bolso", você dirá rindo. Mas o padre magro, seu amigo, vai impor ordem. Dirá: "*Por favor*", e vai erguer as mãos. Nem ele poderá fazer muito. Sobre Deus, não gosto que seja todo-poderoso... Acho que ficaria mais calma se Deus fosse seu amigo, e limpasse lá os óculos de aro de metal embaçados. Tanto faz.

Descrevo: há um grande problema, meu filho. Com ou sem Deus, você não precisaria ter vivido assim. Peço, meu filho, você tem poder para isso, que me perdoe.

Descrevo: descrevi: descrevo. <Descrevi.>

Meu filho.

É noite. Tudo aqui é estranho, não reconheço os carros pelo som que emitem. Olhei para o seu retrato e pensei que se existe o mundo do além, e se você existe de alguma forma, as *moléculas* nunca mais irão se juntar como... Estou cansada. Não compreendo a minha perda, aceito-a.

Procuro repetir que você morreu para que nem por um instante eu esqueça, seria terrível, vocêmorreuvocêmorreuvocêmorreu.

"E eu peso tanto assim?", perguntou a minha mãe, como se me admoestasse.

NÃO VI O MEU PAI DURANTE MUITO TEMPO. MAS NO FINAL DE OUTUBRO ELE ME TELEFONOU. ESTAVA AGITADÍSSIMO; A PRINCÍPIO NÃO IDENTIFIQUEI SUA VOZ. COM TRISTEZA E RAIVA BALBUCIOU QUE AQUELES ILIMITADOS ZUNINO E ZUNGRI, A PRETEXTO DE AMPLIAR SUA DESMEDIDA CONFEITARIA, IAM DEMOLIR A CASA DELE.

"A CASA DE MEUS PAIS, A MINHA CASA, A VELHA CASA INVETERADA DA RUA GARAY!", REPETIU, TALVEZ ESQUECENDO SEU PESAR NA MELODIA DA FRASE.

NÃO FOI MUITO DIFÍCIL COMPARTILHAR SUA AFLIÇÃO. DEPOIS DOS TRINTA ANOS, TODA MUDANÇA SE TORNA SÍMBOLO DETESTÁVEL DA PASSAGEM DO TEMPO; ALÉM DO MAIS, TRATAVA-SE DE UMA CASA QUE, PARA MIM, ALUDIA INFINITAMENTE A BEATRIZ. QUIS ESCLARECER ESSE DELICADÍSSIMO ASPECTO; MEU INTERLOCUTOR NÃO ME OUVIU.

O PROBLEMA DO MEU PAI ME ENCHEU DE UMA FELICIDADE DOENTIA; NO FUNDO DA ALMA, SEMPRE NOS DETESTAMOS.

QUANDO CHEGUEI À RUA GARAY, A EMPREGADA, QUE EU NUNCA VIRA, E QUE EU SAIBA NUNCA ME VIRA, NUNCA, DISSE-ME QUE TIVESSE A BONDADE DE ESPERAR. O PATRÃO ESTAVA, COMO SEMPRE, NO PORÃO, REVELANDO FOTOGRAFIAS. JUNTO DO JARRÃO SEM UMA FLOR, NO PIANO INÚTIL, SORRIA (MAIS INTEMPORAL QUE ANACRÔNICO) O GRANDE RETRATO DE BEATRIZ, EM CORES TOSCAS. NINGUÉM PODIA NOS VER; NUM DESESPERO DE TERNURA ME APROXIMEI DO RETRATO E LHE DISSE:

"BEATRIZ, BEATRIZ ELENA, BEATRIZ ELENA VITERBO, BEATRIZ QUERIDA, BEATRIZ PERDIDA PARA SEMPRE, SOU EU, SOU EU <TEXTO DETERIORADO>."

Estava sentada na cama com almofadas empilhadas atrás das costas, observando o meu constrangimento com um sorriso de ligeiro desprezo.

"Passe a sopa." Na xícara balançava um líquido cinza, vi a gordura coagulada se destacando da parede de porcelana. É desagradável ouvir o sorver. O macarrãozinho pendeu da sua boca, ela o chupou, a massa desapareceu numa velocidade inacreditável.

"Como você está corajoso hoje", disse, entre colheradas. Eu dei um pulo, mais rápido que indignado. "Mas, mãezinha, porque você não avisou?" "Eu queria agora", respondeu fechando os olhos; derramara a sopa sobre ela, no pescoço deslizavam os macarrõezinhos delicados. Pequenos vermes se detinham na depressão pálida, cheia de manchas, da clavícula. Pus a mão, debaixo dos meus dedos escorregou a massa. Recoloquei, um a um, na xícara. A minha mãe seguiu comendo imperturbável, um pedacinho escorreu entre os grandes seios brancos, achatados. Estendi a mão, quando peguei o macarrãozinho, ele se partiu em dois, feito um verme. Deixei que o resto seguisse escorregando para baixo, o que sobrou eu peguei e pus no prato. "De noite, caí de cara no chão", ela riu, "eu chamei três vezes, de noite!" Riu, ao dizer: "E, no fim, fiz xixi na calça". Dava para sentir o cheiro.

"Boa, está boa", disse, quando depôs a xícara. "Você deu de comer direitinho para a sua velha mãe." Peguei a mão dela. Ficamos sentados longamente em silêncio, observei o cobertor.

"Vamos ao banheiro", ela disse de repente.

"Está bem", respondi, mas não me mexi, porque não sabia o que devia fazer. "Levante. Me levante, segurando debaixo do meu braço. Dê-me o seu braço. Cuidado com as minhas pernas. Vamos." Como um militar, ou como um especialista diante de uma pergunta profissional, sem tédio, sem nenhum sinal de nervosismo.

CLARO, ENQUANTO ESCREVIA A HISTÓRIA, ÀS VEZES ME CANSAVA COMPLETAMENTE DA SINCERIDADE, DA HONESTIDADE, E ESPERAVA ESCREVER DE NOVO O MAIS RÁPIDO POSSÍVEL ALGO EM QUE EU PUDESSE MENTIR AO MENOS UM POUQUINHO, FINGIR COMO, DIGAMOS, DE HÁBITO.

Eu fiquei de pé. Ela se endireitou, curvou-se para a frente e levantou o cobertor, uma colcha solta e um lençol fino, marrom, que tinha na beirada um grande furo de queimado, a borda do furo estava desfiada e era marrom escura. Gemeu.

“Dói.”

“Calma.” A camisola fina escorregou para frente, a cama exposta exalou cheiro de mofo. A camisola subiu até a virilha, refleti seriamente se deveria tomar conhecimento dela. Porém, em seguida, era tão difícil pensar que aquilo tudo era verdadeiro, único e pessoal, que (sem muito orgulho disso) não me incomodei mais. Via-se o final dos pelos, como se não fizessem parte de nada. A bandagem se estendia da raiz das coxas aos joelhos. Ao longo dela, a pele era marrom amarelada, quem sabe, pelo iodo. As coxas, as pernas, também estavam muito magras, os joelhos eram protuberâncias ossudas. Ainda assim, as pernas exibiam a antiga beleza. As coxas não se tocavam, a carne pendia para baixo. Peguei na batata da perna dela.

“Que calor bom.”

“Dói. Porque o sangue está passando.” Uma das unhas do pé estava preta de hematoma, as demais, amareladas. Nos dedos, pele áspera. Gemendo baixo, ela pôs um pé no chão, apalpando procurou a pantufa. Vi, fiquei imóvel.

“Onde está o minha pantufa?”, com a voz rouca. Empurrei-a para ela. “Cuidado, não me toque.” “Estou tomando cuidado, e não me diga sempre para tomar cuidado.” Apoiou-se com as mãos na cama, as molas do colchão gemeram, e ela se virou de modo a descer a outra perna, a enfaixada. Isso tudo a deixou exausta, sentou-se cansada na borda da cama, um pardal abatido. Eu ajeitei a camisola amassada, suja, fina.

“Me levante, segurando debaixo do meu braço.” Parei de pernas abertas, com as pernas dela entre as minhas, me abaixei, tentando pegá-la. Pobre carne! Os cabelos dela brilhavam engordurados, seu cheiro bolorento. Fiz uma careta. No meio, surgiu uma risca, os cabelos penderam retos para cada lado, deixando as orelhas livres. A risca branqueava, vi as escamas do couro cabeludo, os pequenos discos pálidos com os furos abertos pelos fios de cabelo.

Firmei as pernas cambaleantes, nossos rostos caíram um sobre o outro, como nos filmes. “Você emagreceu.” Os olhos dela pareciam estar no fundo de uma cova, em volta deles havia sombras escuras, as bochechas eram as mesmas de antes, elevadas, nas extremidades da boca, rugas profundas e alguns pelos grossos, a papada emagrecida pendia estranha, parecia uma bexiga da qual o ar escapara.

Levantei o corpo com mais facilidade do que esperava, ela gemeu baixo de dor, de novo o cheiro forte do corpo doente me golpeou. “Parecemos um par de namorados”, ela disse sem emoção. Fiquei tenso, “Vamos”. “Segure o meu braço.” Dei o braço a ela. “Não assim, com mais força”, ela disse nervosa. Meu rosto devia parecer muito solene, muito educado ou disponível, porque acrescentou: “não vamos dar uma volta, vamos ao banheiro”.

Nos arrastamos pelo corredor, andando bem no meio para que os pés dos bancos junto à parede não nos atrapalhassem. Ao longo do caminho, havia doentes de pé, sentados, alguns deles no chão, na base da parede. Estava escuro. Uma ou outra muleta se erguia. O banheiro ficava no final do corredor, distante. Ela parou para descansar, se apoiou em mim. Eu não sabia para onde olhar, para ela eu não queria. A despeito do rumorejo dos canos curvos no alto, do burburinho baixo dos que esperavam, eu só ouvia os suspiros dela.

Com um grande estrondo, uma muleta, saltando nas depressões irregulares dos ladrilhos do piso, escorregou pela parede. Eu passei por cima dela, mas a minha mãe se deteve, só conseguia se arrastar. Não podia largá-la, procurei o dono da muleta. A posição da muleta apontava para um corpo envolvido em trapos, com a cabeça baixa, enrolada em uma gaze sangrenta. Dirigi-me a ele, sem resultado a cabeça não se moveu. Eu o chamei várias vezes. Uma mulher imensa estava sentada sobre uma mala, o rosto muito vermelho, vendendo saúde, tudo nela era forte, o que ela fazia lá, do corpo rústico, grande, escapou uma voz fina, histérica.

“O senhor é imbecil? Completamente imbecil? Não vê que ele está morto?!”

O QUE VOCÊ QUER, NÃO VÊ QUE ESTOU CAVANDO UM TÚMULO? O LEÃO, QUANDO SE ALIMENTA, TAMBÉM NÃO TOLERA QUE O PROVOQUEM. CASO NÃO SAIBA, VOU LHE ENSINAR. ANDE, DEPRESSA; REALIZE SEU ANSEIO.

Como uma forma de compensação, dei um chute na muleta, e ela parou em pé, girou, feito uma bengala de passeio animada. O caminho estava livre. Ninguém disse nada, era o que eu deveria ter feito logo.

"Eu não sabia que você era capaz disso." Dei de ombros.

Diante da porta do banheiro, fiquei indeciso. "Venha, por acaso você acha que eu vou conseguir andar sozinha?" O banheiro masculino estava com a porta pregada, nos arrastamos para o feminino. A minha mãe se segurou na parede de tábua. A primeira cabina estava vazia, mas não tinha papel, procurei o rolo. "Trouxe comigo", e tirou o papel da camisola. "Onde diabos você guardava isso?" "Costurei um bolso aqui dentro. Um bolso secreto." Olhei para lá sem pensar, ela pôs a mão entre os dois últimos botões. Vi através da abertura. Vi que a parte superior dos pelos estava raspada. Me emocionei. Então é isso! *Cortaram a barba do anão*. Terra arrasada. Desejaria sentir com a ponta dos dedos a base dura dos pelos cortados.

"Sem querer, os idiotas! E sabe o que disseram? Que achavam que deviam me levar para um parto." "E não *desconfiaram* de que você não tinha barriga?" "Talvez eu esteja gorda." "Que nada", eu disse instintivamente, e fiquei vermelho. Isso tudo a enfureceu ainda mais. Não reagi.

Nos arrastamos para a cabina, ela se concentrava apenas na possibilidade de fazer o que tinha de fazer, ergueu a camisola e abriu as pernas. Peguei em suas axilas para ajudá-la a se sentar. "Não", ela disse, "primeiro ponha papel no assento", estendeu a mão para o bolso secreto, nisso, soltou a camisola, que despencou com um brilho esbranquiçado, tão subitamente que os dois procuramos agarrá-la, ela vacilou, eu tentei segurá-la, aí, perdi o equilíbrio, peguei a cintura dela com uma mão, e estendi a outra na direção da parede atrás do vaso. O reboco se desprendeu.

PESAR E INFINITO. CÃES DE FLANCOS MAGROS CORREM SEM FAZER RUÍDO, SUAS COSTELAS PARECEM FEITAS DE VÍRGULAS. CORVOS BATEM AS ASAS NAS CICATRIZES BRANCAS DA PAISAGEM. CLARO, CLARO, O ESQUECIMENTO, A EXTINÇÃO – MAS ONDE FOI MESMO QUE PAREI? APESAR DE TUDO, ESTOU VIVO, APESAR DE TUDO, É DIFÍCIL, MÃE, APESAR DE TUDO, É DIFÍCIL.

"O que está fazendo, bobinho?"

"Segurando."

Caí para a frente sobre a privada, ela por sua vez se curvou para trás ligeiramente, com o braço no meu, como se dançássemos. O problema é que eu não conseguia sair para o lado porque estava entre as pernas dela. Meu braço se cansou. Por fim, dei um impulso apoiado no cano que saía do reservatório de água, depois de um momento de insegurança, nos firmamos.

"Onde foi que paramos?" "O papel", respondeu, e nisso se pendurou no meu pescoço, pôs a mão no bolso interno. Cedi à curiosidade das polpas dos dedos. "Estou com frio." "Sim." As nádegas dela estavam arrepiadas, a carne fina, fria.

"Por Deus, vamos logo." Agora noto que me trata por senhor. "Por que está me chamando de senhor?" Ela irrompeu em um choro seco.

"Porque preciso cag...!"

"Está bem, está bem", murmurei assustado, "com cuidado, assim, sente-se."

"O papel", ela disse, e não se mexeu, segurou meu pescoço, de novo, parecia forte. "Minha boca está com cheiro de remédio", disse também. Não prestei atenção, estava ocupado em ver como ia estender o papel sobre o assento. Por achar completamente desnecessário, eu economizava. Ao final, peguei debaixo do braço dela outra vez.

"Com cuidado, assim, sente-se." Ela ergueu a camisola, arrastou os pés, buscava um apoio. Comecei a deixar que o corpo se abaixasse, ela dobrou os joelhos. A posição a deixava muito exposta, depressa voltei o olhar para o cano. A pintura estava cheia de bolhas. A minha mãe gemeu.

"Não aguento. Minhas pernas não se dobram." Estávamos de pé. Ela se tornou prática. "Eu só preciso fazer xixi mesmo." Não me movi, porque de novo não sabia o que deveria fazer. "Levante a tampa, meu querido." Logo pensei nos papéis, como antes, com cuidado, sapateando bastante, os recolhi e os amassei no bolso do meu jeans. "Não se esqueça de me devolver", ela me advertiu, séria. Levantei o assento, ela urinou de pé, fez bastante barulho. Comecei a rir, ela também, mas assim ela não conseguia continuar, o som parou. "Assim não consigo, comporte-se." Ainda respingava um pouco, na verdade estava irritada, "você me atrapalhou, isso agora vai ficar dentro de mim".

Começamos a voltar, nos arrastamos de volta pelo corredor, a muleta no mesmo lugar para onde a havia chutado, olhei para a mulher, ela me mediu, segura de si, seguimos na desgraça, “Não está cansado?”, ela fez um gesto de resignação, a minha delicadeza astuciosa a irritava, não me admira, eu a deitei, livrei uma cadeira, e me sentei junto da cama dela.

“A cama está tão quentinha”, suspirou. Fiquei sentado na cadeira, acariciando a mão dela, áspera, descamando. Adormeceu... Com cuidado retirei a minha mão da mão dela, me arrastei na direção da porta, como se ela ainda estivesse ao meu lado.

“Não vá ainda.”

Eu me virei, o rosto dela havia desaparecido no travesseiro amarrotado, o rosto estava vermelho, os olhos brilhavam no fundo das covas. Nos olhamos. - - - - Ela abriu um espaço, eu me deitei na depressão em forma de casca de tartaruga que o corpo dela formava. Virei de lado, deixei pender os meus sapatos. Ela se voltou para mim agitada, senti que estava com febre. De novo chorou. Ficamos assim. “Você!” “Sim.” “Você!” A isso, eu disse também: “Você”, “Você”, minha mãe fez como se estivesse envergonhada, brincou, “você... você devolva o meu papel higiênico!”. Eu me levantei apoiado no cotovelo, mas o papel estava no bolso mais distante, fiquei remexendo durante muito tempo. Ela me apertou contra ela, meu cotovelo cedeu.

Senti como se me queimasse. Ardente. “Não se mexa, sua ferida.” Ficamos deitados. “Preciso ir.” “Vá, bobinho.” Desci. Beijei a mão dela. “Vou morrer”, disse a minha mãe. “Ah...”, respondi. “Estou com medo, filhinho.” Vi que acabara de enlamear o lençol.

QUANDO ESCREVEMOS UMA OBRA, SÓ NO FIM DESCOBRIMOS COMO DEVEMOS COMEÇÁ-LA: EM NOME DO PAI E DO FILHO –

Fim.

UM DIA VOU ESCREVER ISSO TUDO COM MAIS PRECISÃO.

SOBRE O AUTOR

Péter Esterházy nasceu em Budapeste, em 1950, herdeiro de uma linhagem bem conhecida da aristocracia húngara, cuja história remonta ao século XII. Renovador da linguagem do romance, tem mais de trinta livros publicados, foi traduzido para mais de vinte e cinco idiomas, e ganhou cerca de vinte prêmios literários, entre os quais se destacam o húngaro Kossuth, em 1996, e o Prêmio da Paz da Associação dos Livreiros Alemães da Feira de Frankfurt, em 2004. Além de *Os verbos auxiliares do coração* e do elogiado *Uma mulher*, a Cosac Naify publicará *Harmonia Caelestis*, considerado a obra prima do autor.

CRÉDITOS DAS TRADUÇÕES

As traduções dos trechos citados de *O estrangeiro* e *A peste*, de Albert Camus, de "O Aleph", conto de Jorge Luis Borges, e de *Os cantos de Maldoror*, de Lautréamont, são respectivamente de Valerie Rumjanek, Davi Arrigucci Jr. e Claudio Willer.

Imagem de capa ELAINE RAMOS

Coordenação editorial EMILIO FRAIA
Preparação LAURA RIVAS GAGLIARDI
Projeto gráfico ELAINE RAMOS e GABRIELA CASTRO
Revisão PEDRO PAULO SILVA e ANA PAULA MARTINI
Produção gráfica ALINE VALLI

Nesta edição, respeitou-se o novo Acordo Ortográfico da Língua Portuguesa.

Dados Internacionais de Catalogação na Publicação (CIP)
(Câmara Brasileira do Livro, SP, Brasil)

Esterházy, Péter
Os verbos auxiliares do coração: Péter Esterházy
Título original: *A szív segédigéi*
Tradução: Paulo Schiller
São Paulo: Cosac Naify, 2011
72 pp.

ISBN 978-85-7503-787-4

1. Ficção húngara I. Título.

11-01664 CDD-781.630981

Índices para catálogo sistemático:
1. Ficção: Literatura húngara 894.511 crítica 781.630981

COSAC NAIFY
Rua General Jardim, 770, 2º andar
01223-010 São Paulo SP
[55 11] 3218-1444
cosacnaify.com.br
Atendimento ao professor [55 11] 3218-1473

Fontes AKKURAT PRO | CHRONICLE
Papel MUNKEN PURE ROUGH 100 G/M²
Impressão RR DONNELLEY
Tiragem 3 000